공부는 '꿈에 도달하기 위한 여행'입니다.
당신의 꿈을 응원합니다.

님께

드림

공부는
내 인생에 대한
예의다

이형진 지음

20만부 돌파 특별판

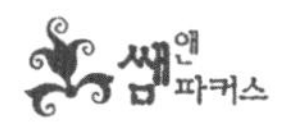

Contents

Part 2 공부는 '머리'가 아닌 '마음'에서 시작된다

Part 3 삶과 공부의 주인이 되는 기술

Part 4 지금의 나를 만든 순간들

Part 5 세상이라는 교과서, 배움엔 경계가 없다

Part 6 세상에 나를 소리치다

책을 펴내며

나는 한국인이다.

나는 미국에서 자랐고, 예일대에 재학 중이다.

그러나 나는 뼛속까지 한국인이다.

이 책을 읽을 독자들은 나의 후배나 동생들일 것이다.

이 책은 오로지 그들을 위한 것이다.

깊은 사랑과 뜨거운 격려, 그리고 무한한 존경을 담아,

그들의 미래에 이 책을 바친다.

공부는 세상에서 제일 즐거운 탐험?!

SAT·ACT 만점, 아이비리그 9개 대학 동시 합격

전미 최고 고교생을 뽑는 '웬디스 하이스쿨 하이즈먼 어워드' 아시아인 최초 수상

<USA 투데이> 주최 '올해의 고교생 20명' 선정

존 매케인 장학금 수여

'자랑스런 한국인상' 최연소 수상

내게 꼬리표처럼 따라붙는 프로필이다. 어쩌다 이렇게 스포트라이트를 받다 보니 불행인지 다행인지 지역사회에선 내 이름 대신 "아, 그 공부 잘하는 애?"로 통하기도 한다. 그래서일까? 만나는 사람마다 눈도 제대로 마주치기 전에, 다짜고짜 내게 물어보는 질문이 있다.

"대체 어떻게 공부했어요?"

그때마다 나는 슬픔에 빠진다. 아니, 나에 대해 궁금한 게 그것밖에 없단 말인가? (하다못해 '참 잘생겼네요'라는 말이라도 먼저 해주면 좋으련만!) 하지만 어찌하랴! 사람들이 나에게서 듣고 싶은 게 그것이라면. 한국이나 미국이나, 학부모나 학생이나 도저히 피해갈 수 없는 숙명이 '공부'라는 것이라면. 그래서 슬픔은 일단 접기로 했다.

그런데 문제는 정작 다른 데 있다. 사람들이 기대하듯 나는 엄청난 공부지존도, 또 오로지 공부만 하는 지독한 공부벌레도 아니라는 사실이다. 잘난 척하는 것 같지만, 그냥 공부가 좋아서 하다 보니 결과적으로 그리된 것뿐이기 때문이다. (그렇다고 내가 소위 '천재'여서 설렁설렁 했다는 이야기는 절대 아니다. 나도 나름 '열공'했다.) 그러니 그들이 기대하는 그 만고불변의 진리를, 그 인류 공통의 공부비법을 전수할 수 있을 리 만무하다. 게다가 대체 '누구에게나 반드시 통하는 공부법'이 있기는 하단 말인가?

그러므로 내가 이 책을 쓰는 것은 난센스다. 그런데 아이러니하게도 이 책을 쓰게 된 이유 역시 다름 아닌 그 난센스에 있다.

한국 SBS 방송에서 하는 〈좋은 아침〉이라는 프로그램이 있다. 2008년도엔가 출연 제의를 받아 한국을 방문하게 되었는데, 그때 내 또래의 많은 한국 친구들을 만날 수 있었다. 막상 만나 보니 한국 친구들이나 미국 친구들이나 또래들의 고민은 다 비슷비슷했다. 공부에 대한 걱정, 대학입시에 대한 부담감, 이성친구에 대한 호기심, 심지어 부모님에 대한 반항심까지도. 도시가 다르고 공기가 달라도 사람은 다 똑같구나, 그런 생각이 들었다.

그런데 점점 이야기를 나누면 나눌수록 이상하게 한국 친구들에게서 정체를 알 수 없는 무력감 같은 것이 느껴졌다. 우리 또래의 무모함이나 패기보다는, 인생을 다 산 노인들에게서나 나올 법한 짙은 체념의 냄새가 풍겼다. 무엇 때문일까?

알고 보니 놀랍게도 그것은 바로 공부에 대한 압박감 때문이었다. 이 대목에서 한국의 독자들은 '놀랍게도라니, 당연한 거지!'라고 나를 힐난할지도 모른다. 물론 미국이라고 해서 학생들이 공부의 압박감에서 자유로운 건 아니다. 비즈니스맨이 비즈니스 때문에 고민하듯, 공부하는 학생이 공부 때문에 고민하는 것은 너무도 당연한 이야기다. 다만 그것이 정도가 지나치다는 게 문제다. 자신이 하는 일을 더 잘하기 위해 고민하는 것과 그것이 자신의 모든 인생인 양 목숨을 걸거나, 반대로 무기력하게 체념하는 것에는 분명 차이가 있다.

이런저런 이야기를 듣다 보니 한국의 공부열풍은 어딘지 심하게 왜곡되어 있다는 느낌을 받았다. 공부에 대한 생각도 나와는 많이 다른 것 같았다. 어려서부터 엄마 손에 이끌려 학원이다 과외다 끌려다녀서인지, 공부를 자신을 위해서 하는 것이라기보다는 부모님을 만족시키기 위해서 하는 의무쯤으로 생각하는 친구들이 많았다.

게다가 한국에서 출간되는 공부 관련 책들은 어려운 역경을 딛고 죽어라 공부한 친구들의 감동 스토리가 대부분이라고 한다. 부모들이 권하는 책들도 거의 그런 것들이란다. 그래서인지 '공부'라 하면 모든 즐거움을 포기하고, 정말 죽을 각오로 덤비고, 끈질긴 인내심을 발휘하는 특수한 사람들만이 잘할 수 있는 것이라고 생각하고 있었다.

이런! 제대로 시작도 하기 전에 이미 공부는 '재미없는 것', '싫어도 억지로 해야만 하는 것'으로 인식하게 된 것이다. 정말 그럴까? 공부는 재미없는 것일까?

아니, 나는 절대로 그렇지 않다고 생각한다. 공부는 세상에서 제일 즐거운 탐험이다. 골치 아픈 교과서를 파고들고, 외워지지 않는 수학 공식을 붙잡고 낑낑대는 그 지리멸렬한 과정이 즐거운 탐험이라니, 누구 뚜껑 열리는 소릴 하느냐고 책을 집어던질 독자가 있을지도 모르겠다. 하! 잠깐만 참으시라.

자, 머리에서 김이 나더라도 어릴 때로 잠시 돌아가보자.

그때 우린 궁금한 게 얼마나 많았던가? "하늘은 왜 파랗지?", "얼음이 녹으면 왜 물이 되지?", "아기는 어떻게 태어나지?"… 호기심 가득한 눈동자를 반짝이며 엄마아빠를 얼마나 귀찮게 했던가? 그렇다. 그것이 바로 '공부'다. 그것이 공부의 '시초'고, 우리가 공부하게 된 '이유'다. 공부는 이 세상의 수많은 비밀, 수많은 지혜를 아주 짧은 시간에 섭렵할 수 있는 가장 유용하고 확실한 방법이다. 그러니 어찌 즐거운 탐험이 아니겠는가!

자신을 사랑하는 사람은, 자신의 인생에 대한 꿈이 있는 사람은 기꺼이 공부를 즐길 수 있다. 내가 즐겨하는 말이 있다. "공부는 나 자신의 인생에 대한 예의다."

공부는 그 누구도 아닌 오로지 자신을 위한 것이다. 언젠가 내가 반드시 하고 싶은, 꼭 이루고 싶은 꿈이 생겼는데, 부족한 준비 때문에 그 꿈을 이룰 수 없다면 깊은 후회가 밀려오지 않을까? 아직은 그 정체가 뚜렷하지 않지만 세상에 분명 내가 잘할 수 있는 일들이 있는데, 그 일을 찾아낼 기회조차 얻지 못한다면 좀 억울하지 않겠는가? 내 자신의 인생에 대해 미안하지 않을까?

물론 학년이 올라가고 입시와 가까워질수록 공부가 주는 즐거움보다는 의무감과 중압감에 괴로워질 수밖에 없다는 사실을 잘 안다. 나 역시 그런 부담감에서 완전히 자유로울 수는 없었다. 학교라는 단어만 들어도 진저리를 치는 친구도 있을 것이다. 우리가 매일

부딪히는 현실은 시험이나 성적표, 대학입시, 강요된 경쟁, 부모님의 잔소리, 친구와의 비교 같은 것들이 대부분이니 말이다. 하지만 이런 것들은 공부라는 본질을 둘러싼 부스러기들일 뿐이다. 이런 부스러기들 때문에 본질이 왜곡되거나 '진짜 공부'의 즐거움을 놓친다면, 이는 좀 밑지는 장사가 아닐까?

그래서 나는, 이 책을 쓴다. 아직은 배워야 할 게 훨씬 더 많은 애송이에 불과하지만, 적어도 '내가 공부하는 이유'에 대해서만큼은 할 수 있는 이야기가 있겠다고 생각했다. 대체 '어떻게 공부했는지'를 알려달라고 하는 사람들에게, 혹은 공부 때문에 괴로워하는 후배와 동생들에게 그 이야기를 들려주고 싶다.

왜 공부하는지, 그 이유에 집중하면 공부를 둘러싼 부스러기들을 배제하고 본질을 들여다볼 수 있다는 것을. '왜' 공부하는지를 생각해 보면 '어떻게'에 대한 답도 쉽게 나온다는 것을.

어쩌면 한국의 독자들은 미국에서 태어나고 자란 나에게 '너는 우리랑 상황이 달랐잖아'라고 말할 수도 있다. 내가 자란 상황이나 환경이 한국과 많이 다른 것은 엄연한 사실이다. 교육여건도 잘 갖춰진 편이었고, 한국에서 준비하는 학생들에 비해 상대적으로 아이비리그에 진출하기에도 유리했다. 하지만 미국에서 공부한다는 것이 한국 학생들이 생각하는 것만큼 녹록지는 않다. 동양인으로서 알게 모르게 겪게 되는 차별은 차치하더라도 미국이야말로 세계 어

느 나라보다도 치열한 경쟁사회이기에 가열찬 노력 없이는 무엇 하나도 공짜로 얻을 수 없다.

중요한 것은 그게 아니다. 자신이 처한 환경이 미국이든 한국이든, 부잣집이든 가난한 집이든 내 인생은 스스로 만들어가는 것이다. 스스로 내 인생을 소중하게 가꾸지 않으면 아무도 대신 가꾸어주지 않는다. 공부는 그중 한 선택지일 뿐이다. 기왕에 해야 할 공부라면 그 누구도 아닌 나 자신을 위해 기꺼이 즐기기를 바란다. 그 누군가에게 끌려서, 혹은 성적이나 대학입시 때문이 아니라, 더 성숙하고 지혜로운 나 자신을 위해, 더 나은 나의 미래를 위해.

앞으로 펼쳐질 이야기가 어떤 이에게는 '재수 없다'고 느껴질 수도, 어떤 이에게는 '잘난 척한다'고 받아들여질 수도 있을 것이다. 하지만 부디 선입견을 버리고 내가 하는 이야기의 본질에 집중해주길 바란다.

그럼 지금부터, 우리 인생에 대해, 그리고 좀더 즐겁게 공부하는 법에 대해 이야기를 나누어볼까?

뉴헤이번에서

이형진

내가 공부하는 이유? 나를 사랑하니까!

최근 한국에 있는 친구로부터 "네가 자주 하던 이야기가 광고에 나온다"는 연락을 받았다. 어느 학습지 광고 문안이 "나는 나를 사랑하니까 공부한다"라는 이야기였다. (이런, 내가 평소에 가지고 있던 생각과 '싱크로율 100%'다!)

대부분의 학생들이 공부는 어쩔 수 없이 해야만 하는 것, 정말로 재미없는 것이라고 생각할 것이다. 부모님이나 선생님들이 "다 너 잘되라고 공부하라는 거야"라고 말씀하시면 '췟' 콧방귀를 뀌는 친구도 있을 것이다. 하지만 곰곰이 생각해보면 결코 틀린 말씀이 아니라는 사실을 알 수 있다. 열심히 공부하고 이를 통해 많은 지혜와 지식을 쌓을 때, 가장 큰 수혜자는 그 누구도 아닌 우리 자신이니 말이다.

부모님이 시키니까 '억지로', 선생님께 혼나지 않기 위해 '하는 수 없이', 이런 이유들로 공부를 한다면 당연히 공부는 재미없는 것이 될 수밖에 없다. 거기에는 '나'가 없기 때문이다. 하지만 더 나은 내가 되기 위해서, 내게 더 넓고 다양한 세상을 보여주기 위해서, 즉 나를 위해서 공부한다면 그 과정이 그렇게 힘들고 괴로운 것만은 아닐 것이다. 나는 지금껏 부모님도 선생님도 아닌 나를 위해서 공부해왔다. 내 삶을 보다 풍성하게 채워가기 위해서 공부해온 것이다.

내가 전미全美 최고의 고교생이라고?

"저 화요일에 학교 못 가요."

"화요일에?"

"네. 새벽에 나가야 하니까 아침 일찍 학교에 전화 좀 해주세요." 학교에 갈 수 없다는 나의 이야기에 부모님은 깜짝 놀란 눈치셨다. 일방적인 등교 거부 선언이었냐고? 천만의 말씀! 혹시나 오해하실 분들을 위해 정황 설명을 하자면 이렇다.

그날은 2006년 11월 5일 일요일 저녁이었다. 11월 7일 화요일은 하원의원 선거일이었고, 나는 배링턴 투표소의 참관인으로서 선거를 도와야 했다. 오래전에 신청해놓은 학생회 봉사활동 가운데 하나였다. 미국에서는 봉사활동을 학업만큼 중시한다. 고로 봉사활동 때문에 학교를 빠지는 일은 전혀 문제가 되지 않으니, 부모님이 놀라시는 것은 다소 의아한 일이었다. 비밀이 있는 사람들처럼 어색한 모습으로 식사하시는 부모님을 보니 이상하다는 생각이 들긴 했지만 굳이 무슨 일인지는 캐묻지 않았다.

투표소 봉사활동이 취소되었다는 소식을 들은 것은 다음 날 등교를 하고 나서였다. 신청한 학생들이 너무 많아 이번엔 우리 학교 학생들을 제외시킨다는 연락이 왔다고 했다. 그때까지만 해도 별다른 의심은 하지 않았다. 그렇게 엄청난 이벤트가 기다리고 있으리라고는 상상도 못했으니까.

이튿날인 화요일. 2교시가 끝나자 모두 체육관으로 모이라는 방송이 나왔다. 전교생이 소집되는 일은 흔치 않았기에, 무슨 일일까 궁금증이 피어올랐다.

"오늘 우리가 이 자리에 모인 것은…."

교장 선생님의 목소리가 체육관 안에 쩌렁쩌렁 울려 퍼졌다. '무슨 시상식이라도 있나?' 하고 생각하는 사이, 호명된 학생들이 한 명씩 단상으로 걸어나갔다. 그중에는 봉사활동을 꾸준히 해온 것으로 유명한 친구들도 있었고, 가을축제 때 크로스컨트리Cross Country 대회에서 2위를 했다는 친구도 있었다. 3천 명이 넘는 아이들의 박수소리로 체육관 전체가 쉴 새 없이 들썩거렸다.

박수소리가 잦아들 즈음, 교장 선생님이 누군가에게 마이크를 건넸다. 에이미Amy라는 이름의 여성 분은 자신을 미국의 유명 패스트 푸드 회사인 웬디스Wendy's 본사에서 나왔다고 소개하며, 이야기를 이어갔다.

"배링턴 고등학교에서 이 상을 받는 것은 처음이군요. 일리노이 주에서도 처음이고요."

그녀는 낭랑한 목소리로 '웬디스 하이스쿨 하이즈먼 어워드'가 무엇인지, 심사는 어떻게 진행됐는지를 설명했다.

"3개월 전, 우리는 미국 전 지역의 2만 6천여 개 고등학교로부터 학업뿐만 아니라 체육, 봉사활동 등에서도 타의 모범이 되는 남녀 학생을 각각 1명씩 추천받았습니다. 한 달간의 심사 끝에 총 5만 2천 명 중 1만 5천 명이 선발되었으며, 2개월 전 다시 각주에서 남녀 학생을 각각 1명씩 추려 총 102명의 스테이트 위너State Winner를 선발하게 되었습니다."

숨을 고른 그녀가 천천히 입을 열었다.

"일리노이 주의 스테이트 위너는 '패트릭 리'입니다. 축하합니다!"

'뭐라고?'

처음에는 내 이름을 부르는지도 몰랐다. 전혀 뜻밖의 상황에 그녀의 입에서 흘러나오는 내 이름이 낯설기만 했던 것이다. 그런데 모두의 시선이 나에게로 집중되는 것이 아닌가! 우렁찬 박수소리가 나를 감쌌지만, 여전히 얼떨떨하기만 했다. 그때 갑자기 체육관 양쪽에 있는 문이 활짝 열렸고, 환한 빛 아래 서 있는 부모님의 모습이 보였다. 맙소사, 그러니까 두 분은 이미 모든 사실을 알고 계셨던 것이다.

"그리고 한 가지 더, 패트릭 리는 102명의 스테이트 위너에서 다시 최종 12명을 선발한 내셔널 파이널리스트National Finalist에도 선발되어, 내셔널 위너National Winner 본심에 올랐습니다. 다시 한번 축하드립니다."

"와~"

아이들의 환호성과 끊이지 않는 박수소리로 체육관이 후끈 달아올랐다. 어리둥절한 채로 교단 앞으로 나간 내게 교장 선생님이 축하 인사를 건네며 메달을 걸어주셨다. 어머니는 눈물을 글썽거리시면서 꽃다발을 안겨주셨고, 아버지는 꽃다발을 안은 나와 어머니를 넓은 품으로 끌어안아주셨다.

"어떻게 된 거예요?"

"교장 선생님께서 비밀로 해야 한다고 하시더라."

선생님으로부터 전화가 온 것은 일주일 전의 일이었단다. 내가 상을 받게 되었으니 시상식 날까지 모든 것을 비밀로 해달라는 얘기였다. 알고 보니 웬디스 하이즈먼 시상식은 서프라이즈 방식으로 진행되는 것이 전통이었다. 그러니까 그날의 전체조회가 어떤 조회인지 아는 사람은 시상식을 준비한 교장 선생님과 교장 선생님의 비서, 그리고 이야기를 전해들은 아버지와 어머니뿐이었던 것이다. 선생님들조차 아무것도 모르셨던 것 같다.

"에…, 그리고…, 오늘의 시상식을 위해 투표소 봉사활동이 취소되었다고 선의의 거짓말을 하게 된 점 이해해주길 바랍니다. 투표소에 연락을 취해두었으니 봉사활동을 하러 가기로 한 학생들은 예정대로…."

교장 선생님의 말씀이 채 끝나기도 전에, 관중석에서 우르르 내려온 친구들이 돌아가며 나를 껴안아주었고 환호성을 지르며 헹가래를 쳐주었다. 그제야 조금 실감이 나는 듯했다.

그리고 한 달 뒤, 나는 노키아 씨어터Nokia Theatre에서 열리는 시상식에 참석하기 위해 부모님과 함께 뉴욕으로 향했다. 그곳에서 총 12명의 내셔널 파이널리스트 중 남녀 각각 1명씩 최종 수상자가 선발되는데, 행사는 ESPN2 채널을 통해 생중계될 예정이었다.

행사장에 들어가니 내셔널 파이널리스트 12명의 사진이 박힌 포스터가 보였다. 예상대로 동양인은 나뿐이었다. 웬디스 상은 다른 걸 다 잘해도 운동을 못하면 받을 수 없는 상이다. '지智'와 '덕德', 그리고 반드시 '체體'를 겸비해야 하기 때문에 대체로 학교공부에만 집중하는 아시아계 학생들은 받기가 힘들었다. 참고로 미국에서는 운동을 잘해야만 이런저런 기회가 많아진다. 학교성적이나 봉사활동도 중요하지만 운동을 하나라도 잘해두지 않으면 찬스가 거의 오지 않는다고 보면 된다(유학을 생각하는 한국 친구들에게 이 점을 꼭 당부하고 싶다).

"패트릭 리?"

포스터를 찬찬히 구경하는데 지난해의 우승자라는 선배가 악수를 청해왔다. 아마도 동양인이 나 혼자라는 사실에 관심이 갔던 모양이다. 그 선배뿐 아니라 주변의 많은 사람들이 나를 호기심 어린 시선으로 쳐다보고 있었다. 미국이라는 나라가 워낙 다인종, 다민족 국가인 데다 다들 '영어'라는 하나의 언어로 의사소통하기에, 피부색이 달라도 평소에는 내가 튄다는 느낌을 받지 못했다. 그런데 그곳에서는 내가 유독 도드라져 보였다. '아, 얘가 그 아이구나!'라며 쳐다보는 사람들의 시선을 받고 있자니 약간의 소외감 같은 것도 느껴졌다.

뮤지컬을 할 때도 종종 느꼈던 감정이긴 하다. 뒤에서 자세히 이야기하겠지만 나는 학교 특별활동으로 뮤지컬을 했었는데, 함께 무대에 설 때는 전혀 인지하지 못하다가 공연이 끝나고 친구들과 찍은 사진을 보면 어쩐지 나만 다른 사람인 것 같아서 씁쓸해지곤 했다.

아무튼 그렇게 여러 사람들과 인사를 나눈 후에야 식장에 들어가 자리에 앉을 수 있었다.

"신사숙녀 여러분…."

인사를 마친 사회자가 낭랑한 목소리로 12명의 내셔널 파이널리스트 명단을 발표했다. 이어 후보자들의 이력과 함께 그들을 찍은 동영상이 하나씩 극장의 대형 스크린을 통해 공개되었다.

"SAT·ACT 만점, 해리포터 클럽, 테니스 팀 주장, 넘버원 싱글(USTA 토너먼트 대회 1위)…."

내 프로필이 소개된 후 회사에서 업무를 보고 계신 아버지와 집에서 요리를 하고 계신 어머니의 모습이 스크린에 등장했다.

"어머나!"

어머니가 부끄러우신 듯 입을 가리고 웃으시는 사이, 화면은 곧 배링턴 고등학교 전경으로 바뀌었다. 전교생이 모인 조회에서 열린 깜짝 시상식 장면이 나오는가 싶더니 어느새 테니스를 치고 있는 내 모습이 보였다. 디베이트Debate(찬반토론) 대회에서 카메라에 찍히는 줄도 모르고 우리 팀의 주장을 펼치고 있는 모습도 있었고, 땀을 뻘뻘 흘리며 마을을 달리는 장면도 있었다.

'오 마이 갓!'

교실에서 수업을 받고 있는 모습과 방에서 숙제를 하고 있는 모습, 침대에 누워 《해리포터》를 읽고 있는 모습은 물론, 병원에서 봉사활동을 하고 있는 모습까지, 나의 일상이 스크린에 너무도 상세히 펼쳐지고 있었다.

'대체 이런 걸 언제 다 찍은 거지?' 그저 놀라울 따름이었다.

스크린을 보고 있자니, 나의 고등학교 생활이 주마등처럼 스쳐 지나갔다. 내 나름대로 충실하게 학교생활을 해왔다고 자신하긴 했지만, 미국 전체 고등학생을 대상으로 한 심사에서 최종 12명에 선정되다니. 그간의 시간과 노력을 인정받았다는 생각에 가슴이 벅차올랐다.

원래 '웬디스 하이즈먼 어워드Wendy's Heisman Award'는 한 해를 빛낸 풋볼선수들을 위한 연례행사였다. 미국 전역의 고등학생들을 대상으로 하는 '웬디스 하이스쿨 하이즈먼 어워드'는 최근에 생긴 것으로, 수상자가 다니는 고등학교의 이름을 빛내는 명예로운 상으로 자리매김하게 되었다.

하지만 내가 기뻤던 이유가 단지 큰 상을 받았기 때문만은 아니다. 그보다는 내가 다른 사람들도 인정할 만큼 열심히, 최선을 다해서 학창시절을 보냈다는 사실이 감격스럽고 뿌듯했다. 내게 상은

'목표' 가 아니라 나의 노력에 대한 '인정'의 증표였다.

어쨌든 이 상 덕분인지 이후 나는 〈USA 투데이〉가 선정한 '올해의 고교생 20명'에 들었고, 우주인 이소연 누나와 함께 제헌 60주년 기념 '자랑스런 한국인상'을 수상하는 영광을 얻기도 했다.

공부는
'How'가 아니라 'Why'다

"숙제는 다 했니?"

"학원은 몇 시에 끝나니? 끝나고 바로 집으로 올 거지?"

"이번 주에 시험은 없니?"

어디선가 들은 듯 익숙한 이야기들 아닌가? 그런데 이 이야기의 배경이 한국이 아니라 미국이라면? 흔히 한국 학생들은 유독 한국이 교육열이 높고 부모님의 간섭도 심하다고 생각하지만, 사실 미국도 만만치는 않다. 아니, 더 심하다고 표현해도 과언은 아닐 것이다.

일반적으로 미국 부모들은 미성년 자녀들의 학교생활에 굉장히 관심이 많다. 아주 작은 일도 '밀착모드'로 체크하고 세세하게 조언한다. 한국도 학부모들의 치맛바람이 대단하다고 하지만 미국의 '헬리콥터 맘', '사커Soccer 맘'들의 활약(?)이 더하면 더했지, 덜하지는 않을 것이다. 학교행사에는 절대 빠지는 법이 없으며 숙제를 도와주는 것은 물론이고, 어떤 수업을 들어야 하는지까지 적극적으로 조언한다. 그러다 보면 정작 공부를 하는 학생 본인은 별로 선택할 것이 없다. 부모님이 하라는 것을 해내는 것만으로도 벅차니까 말이다. 실제로 주변 친구들 중에는 부모님이 밤낮으로 '숙제해라', '공부해라'라고 잔소리를 하시는 바람에 정작 하고 싶은 일들을 할 수 없어 스트레스 받는다고 하소연하는 친구들이 꽤 많다.

그런데 우리 집의 경우, 상황이 좀 다르다. 참으로 다행이면서 감사했던 것이, 우리 부모님은 나와 누나에게 숙제는 다 했는지, 시험은 잘 봤는지 물어보신 적이 거의 없다. 학교생활에 대해서 잔소리를 하시거나 어드바이스를 해주신 적도 많지 않았고, 숙제를 도와주신 적도 없었다. 그래서 나는 학교생활과 관련해 상담할 일이 있으면 학교의 카운슬러 선생님을 찾아갔고, 숙제는 내 힘으로 '될 때까지' 매달렸다.

우리 집에서 '착하다'는 말은 '부모님 말씀을 잘 듣는 것'이 아니다. '스스로 기준을 세우고, 거기에 신념을 갖고 매진하는 것'이다.

우리 부모님은 일찍부터 내가 할 일은 스스로 선택하는 법을, 그리고 그 선택에 대해 스스로 책임지는 법을 터득하게 해주셨다. 거의 모든 것을 나에게 맡겨주신 셈이다.

만약 나에게 부모님으로부터 강요된 규칙이 있었다면, 그 규칙으로 한계지어진 것까지만 하지 않았을까? 아니, 내 성격상 일부러 그만큼도 하지 않았을 것이다. 가령 "12시까지 공부해!"라고 '명령' 하셨다면 나는 10시도 되기 전에 책을 덮고 자버렸을 것이다. 보란 듯이 말이다. 하지만 나에게 온전히 맡겨주시고 아무런 간섭도 하지 않으셨기 때문에, 나는 순전히 내 의지로 새벽 3시까지 공부하곤 했다.

지금 와서 추측해보건대 우리 부모님은 내가 '하라고 하면 더 안 하는 스타일', 즉 전형적인 청개구리라는 사실을 아셨던 것 같다. '통제'라든가 '강요' 같은 걸 굉장히 싫어하기 때문에 외부의 자극이나 압력보다는 스스로 만들어낸 내적 동기가 내겐 훨씬 더 효과적이라는 사실을 인정하신 것이다.

물론, 이런 일이 가능했던 것은 내가 부모님의 간섭이나 통제 없이도 스스로 잘해내는 모습을 보여드렸던 덕분이지 않을까 싶다. 실제로 부모님이 나를 스스로 판단하고 행동할 수 있는 어른으로 인정해주셨던 건, 내가 알아서 모든 일을 챙기고, 내 행동에 책임을 지면서부터였다. 여기에 더해 결과도 중요한 요인으로 작용했을 것이다. 아무리 내가 독립적으로 계획을 세우고 열심히 실천했다고 해도 부모님이 보시기에 흡족한 성과가 없었다면 마음 푹 놓고 완전히 믿어주시기는 어렵지 않았을까?

이처럼 독립적이고 자율적인 집안 분위기 덕분인지 나는 어릴 때부터 '스스로' 공부하는 것을 즐겼다. 누구의 강요나 통제 없이, 그 누가 간섭하거나 시키지 않더라도 내가 만들어낸 에너지를 동력 삼아 '알아서' 공부를 해온 것이다.

나는 배움 자체를 나 자신에 대한 예의, 소중한 내 인생에 대한 예의라고 생각한다. 단순히 공부를 잘해서 소위 엘리트 코스를 밟아 사회가 이야기하는 성공에 도달하는 것이, 나 자신에 대한 예의라고 말하는 것이 아니다. 배우고 접해야만 알 수 있는 '수많은 세상'을 내게 좀더 많이 다양하게 보여주고, 그래서 숨어 있는 '수많은 기회들'을 놓치지 않게 하는 것, 그것이 나에 대한 예의라고 말하는 것이다. 내가 하고 싶은 일을 하기 위해 필요한 준비를 착실히 하는 것, 그래서 훗날 내가 도전하고픈 꿈이 생겼을 때 부족한 준비로 인해 그 꿈을 포기하는 불상사를 만들지 않는 것, 즉 '꿈'이 '현실'이 될 수 있도록 노력하는 것, 그것이 나에 대한 예의라는 이야기다.

공부라는 것이 단지 수학, 영어 등 교과서에 있는 내용들을 파고드는 것만은 아닐 것이다. 좀 거창한 이야기일지 모르지만 이 세상에 태어난 한 사람의 구성원으로서, 세상을 더 많이 알고 더 지혜롭게 살아갈 수 있는 방법을 익히고 배우는 것이 바로 '공부'라고 생각한다. 세상에는 알면 알수록 신나고 즐거운 일이 정말이지 많다. 소중한 삶을 더욱 의미 있게, 그리고 더욱 아름답게 가꿔갈 수 있는 여러 기회도 있다. 그런 것들을 탐색하고 기회를 잡는 과정이 바로 공부인 것 같다. 그래서 나는 공부가 '인생에 대한 예의'이자 '자신에 대한 예의'라고 생각한다.

내가 공부를 열심히 한 이유는 단지 좋은 성적을 받기 위해서가 아니라, 세상을 좀더 알고 지혜로운 사람이 되어서 세상에 좋은 영향을 주고 싶기 때문이었다. 그렇기 때문에 나는 내가 할 만큼 했다고 판단되면 설사 C학점이나 D학점이 나와도 실망하지 않았다. 성적이 좋지 않다고 해서 내가 배우고 익힌 것의 가치나 의미가 퇴색되는 것은 아니니 말이다. 성적이 우선시되는 사회에서 너무 이상적인 이야기로 들릴지도 모르겠지만 적어도 내가 가지고 있는 신념은 그러했다.

더욱이 나는 성적이 나쁘게 나오면 오히려 부족한 부분이 무엇인지 알 수 있으니까, 다행이라고 생각했다. 낮은 점수를 통해 내가 보충하고 채워야 할 부족한 부분이 무엇인지, 내가 무엇을 잘하고 무엇을 못하는지를 알게 되었으니 말이다. 점수가 나쁜 과목은 더욱 열심히 공부해서 다음 시험에서 성적을 올리면 된다. 노력 여하에 따라 점수는 얼마든지 달라질 수 있다. 지금 내 실력을 가늠하는 잣대, 점수라는 것의 본질은 거기에 있는 것 아닐까?

대학생이 된 지금도 공부라는 것은 결코 간단한 과정이 아니라고 생각한다. 주사를 맞거나 알약을 집어삼키듯이 '지식'을 머릿속에 주입할 수 있다면 얼마나 좋을까? 하지만 배움이라는 과정이 얼마나 많은 시간과 노력과 끈기를 필요로 하는지, 성실하게 무언가를 배워본 적이 있는 사람이라면 잘 알 것이다. 우주선을 쏘아 올리든, 바느질 작품을 만들든, 자기 분야에서 최고가 된 사람들은 다들 그런 과정을 거쳤다.

사람들은 내가 처음부터 모든 걸 다 잘해왔고 무슨 일을 하든 자신만만한 아이라고 생각한다. 하지만 솔직히 말해서 무언가를 시작할 때 처음부터 당연히 잘해낼 거라고 자신한 적은 맹세컨대 단 한 번도 없었다. 나 역시 두렵고 불안하기는 마찬가지였다. 두렵고 불안하니까 열심히 했던 것이고 말이다.

더욱이 무엇을 하든 언제 어디서든 나보다 잘하는 사람이 나타났고, 그렇기에 나 역시 부러운 사람도, 질투 나는 사람도 많았다. 테니스를 칠 때도 그랬고 수영이나 축구, 뮤지컬을 할 때도, 글을 쓸 때도 그랬다. 하지만 나는 그들을 꺾어야 할 경쟁상대로 여긴 적은 없었다. 나보다 훌륭한 점이 있다면 그걸 배우고, 부족한 점이 있다면 내가 가진 지식을 함께 나누면 된다고 생각했을 뿐이다. 누

가 더 잘나고 누가 더 못났는지보다는 함께 가는 것이 중요한 것 같다. 다른 사람을 시기하고 질투할 시간에 나의 성장과 발전을 위해 에너지를 쏟는 것이 훨씬 생산적이지 않을까?

'1등'을 위해서, 혹은 누군가를 이기기 위해서 공부했다면 SAT·ACT 만점이나 전미 최고 고교생 선정의 영광은 나에게 돌아 오지 않았을 것이다. 공부든 운동이든 제대로 된 마인드가 바탕이 되어야만 제대로 된 하우투How-to도 나올 수 있다고 생각한다. '왜' 하는가에 대한 근본적인 확신과 믿음이 서지 않는다면, '어떻게'에 대한 답도 찾아내기 어렵다. 그렇게 되면 아무리 노력해도 밑 빠진 독에 물 붓는 기분이 들 수밖에 없다.

하지만 지금 당장 이유가 떠오르지 않는다고 해서 실망할 필요는 없다. 이유를 찾아봐야겠다는 결심을 했다는 것만으로도 제대로 된 한 걸음을 내딛은 것이나 다름없으니까 말이다.

공부란,
더 성숙하고 지혜로운
나 자신을 위해,
더 나은 나의 미래를 위해,
투자하는 것!

온 집안을 발칵 뒤집어놓은 눈물의 성적표 사건

전미 최고의 고교생에 선정되었다니(게다가 '공부가 내 인생에 대한 예의'라고 말하다니!), 나를 모범생에 공부벌레로 '오해'하는 사람이 있을지도 모르겠다. 물론, 내가 열심히 공부했던 것은 사실이다. 그간 살아오면서 부모님이나 선생님 속을 크게 썩인 적도 없으니 모범생이란 표현이 영 틀린 것은 아닐지도 모른다.

그럼에도 내가 오해라는 단어를 사용한 것은 '모범생'이라는 단어에서 연상되는 이미지처럼 학교, 집, 학교, 집만을 오가며 어른들의 말씀을 고분고분 듣는 착한 학생은 아니었으며, '공부벌레'라는 단어에서 떠올리는 이미지처럼 오로지 책만 파고드는 학구파는 아니었기 때문이다. 나 역시 내 또래의 친구들처럼 공부 외의 다른 것에 재미를 느낀 적도 많았고, 부모님과 크고 작은 마찰을 겪기도 했다. 그중 대표적인 마찰은 아마도 온 집안을 발칵 뒤집어놓은 '성적표 사건'일 것이다.

나는 일리노이 주 배링턴이란 곳에서 태어나고 자랐다. 배링턴은 시카고 근교의 조그만 교외지역인데 시끌벅적한 대도시와는 많이 다른 조용하고 평화로운 동네다. 번잡스러운 바깥세상으로부터 떨어져 안전하게 보호받는 동네라서 나와 내 친구들 모두 별다른 위험이나 걱정 없이 마음껏 뛰놀며 자랄 수 있었다. 유치원에 함께 입학했던 친구들이 고등학교까지 함께 졸업하는 곳, 배링턴은 그런 곳이었다.

미국에서 태어나고 자란 나와 달리, 부모님은 한국에서 태어나고 자라셨다. 두 분이 결혼하시고 1년 후, 무역회사에 다니시던 아버지가 미국 지사로 발령을 받는 바람에 갑작스레 이민을 오셨다고 한다. 친구도, 친척도 없고 의지할 사람이라고는 아무도 없는 낯선 이국 땅. 게다가 그때만 해도 1970년대 말이어서 배링턴에는 한국인이 한 명도 없었다고 한다. 우리 부모님은 이민 1세대였던 셈. 그러니까 나보다 일곱 살 위인 누나 디나Dina와 나는 말하자면 재미교포 2세다. 집에서는 한국식 가정교육을, 밖에서는 미국식 학교교육

을 동시에 받았다. 때문에 거실 한복판에서 '꽝~' 하고 동서양의 문화충돌이 벌어질 때도 있었고, 사춘기 때는 코리언 아메리칸Korean-American으로 사는 것에 대한 정체성 고민도 있었다. 크고 작은 갈등과 이런저런 장단점이 있었지만, 내가 감사하게 여겼던 것은 양쪽의 문화를 모두 받아들일 수 있는(그리고 받아들여야만 하는) 환경과 조건을 타고났다는 사실이다. 세상을 이해하고 포용하는 인식의 폭이 넓어질 수밖에 없는 태생적인 조건을 가졌으니, 한국식과 미국식 양쪽 모두에 열린 마음을 가질 수 있었다.

하지만 처음부터 그 모든 것을 쉽게 받아들인 것은 아니다. 철없을 때는 이유없이 투정도 부리고 두 세계의 불화에 불만도 많았다. 문제의 성적표 사건 역시 그러한 배경에서 빚어졌다.

나는 중고등학교 내내 부모님께 성적표를 보여드린 적이 없었다. 일부러 감춘 것은 아닌데, 나 자신이 내 성적에 별로 관심이 없어서 그걸 부모님께 보여드려야 한다는 생각을 못했던 것 같다. 좀 더 정확히 말하면 나는 시험결과보다는 지식을 습득해가는 과정이 더 중요하다고 생각했기 때문에, 성적표 자체에 별 의미를 두지 않았다.

하지만 아들의 성적표를 생전 구경도 못해보셨던 아버지는 '형진이가 공부를 너무 못해서 형진이 엄마가 성적표를 안 보여주는 건가 보다' 하고 혼자 생각하셨다고 한다. 아무리 나를 믿고 학업에 간섭하지 않으셨다고 해도, 부모라면 당연히 자식의 성적표를 봐야 하고 볼 권리가 있다고 생각하는 문화에서 학창시절을 보내신 분인데 얼마나 답답하고 궁금하셨을까. 지금 생각해보면 내 생각만 한 것 같아서 죄송스러운데 당시에는 부모님 마음까지는 헤아리지 못했다.

그러던 어느 날, 사건이 터졌다. 고등학교 2학년 때였는데, 학교를 마치고 집에 돌아오니 아버지가 우편물 뭉치를 하나하나 뜯어보고 계셨다. 그런데 이럴 수가, 가만히 보니 아버지가 손에 들고 계신 것이 내 앞으로 온 우편물이 아닌가! 발신인이 학교로 찍힌 우편물을 보고는 아들이 그렇게 감추려 했던 성적표라고 생각하시고, 뜯어 보신 모양이다. 나는 불같이 화를 내고 말았다.

"아빠, 미국에서 그러면 감옥 가요!"

다 큰 아들의 '사생활'을 좀 존중해달라고 말하려던 것이었는데, 나도 모르게 그런 말이 나와버렸다. 속으로 '아차!' 하고 후회했지만 이미 물은 엎질러진 상황.

"이 녀석, 너 아빠한테 그게 무슨 말버릇이냐!"

굳어진 얼굴로 꾸짖으시는 아버지의 손에서 우편물을 낚아채고는 곧장 2층 내 방으로 뛰어올라가 문을 잠갔다.

"이형진, 너 이리 안 와!"

사랑하는 누나 디나와. 재미교포 2세인 우리는 미국식 교육과 한국식 교육을 동시에 받으며, 세상을 이해하고 포용하는 인식의 폭이 넓어졌다.

아버지는 언성을 높이며 쫓아 올라오시고, 어머니는 그 뒤에서 말리시고… 한바탕 난리가 났다.

그렇게 얼마나 지났을까? 잘그락 잘그락 열쇠로 방문을 따는 소리가 들렸다. 어머니가 보조키를 가지고 올라오신 것이다. 문이 열렸지만 책상 앞에 앉아 있던 나는 돌아보지도 않고 숙제를 계속했다. 조용히 방에 들어오신 어머니는 저녁식사가 차려진 쟁반을 침대 위에 가만히 올려놓으셨다.

"밥 먹고 해."

그러고는 멈칫멈칫하다 뒤에서 가만히 나를 안아주셨다. 잠시 후 무언가 뜨듯한 것이 내 머리 위로 '후두둑' 하고 떨어졌다. 어머니의 눈물이었다. 어머니는 그렇게 한참동안 나를 끌어안고 계시다가 조용히 방을 나가셨다. '이 세상에서 가장 가까운 사람들끼리 왜 이렇게 소통이 안 되는 걸까?' 돌아앉아 밥을 먹는데 자꾸만 목이 메었다. 나 때문에 어머니까지 저렇게 마음 아파하시는 데 밥알이 제대로 넘어갈 리 없었다.

자정이 넘은 시각, 과제를 마무리하고 달력을 보았다. 2월 13일. 부모님의 결혼기념일이었다. 도화지 한 장 한 장에 알파벳을 하나씩 써넣어 'HAPPY ANNIVERSARY! MOM&DAD'라는 축하 배너를 만들었다. 그리고 내동댕이쳐놓았던 문제의 '반쯤 뜯다 만 내 우편물'을 바라보았다. 아버지가 짐작하신 대로 그것은 학교에서 보내온 성적표였다. 부엌으로 내려가 타일 벽면에 배너를 붙여놓은 뒤, 부모님 방으로 가 잠든 어머니의 머리맡에 살그머니 성적표를 놔두었다.

"형진아! 이형진! 어서 일어나!"

다음 날 아침, 어머니는 유난히 밝고 큰 목소리로 나를 깨우시고는 콧노래를 부르며 아침식사를 준비하셨다. 나는 모르는 척 말없이 아침을 먹고 후다닥 집을 나섰다. 이런 무뚝뚝한 아들 뒤에서 어머니가 도시락을 들고 달려나오셨다.

"전부 A더라. 아빠가 얼마나 좋아하셨는지 모르지? 선물 고마워. 에이그, 잠이나 더 잘 것이지."

어머니는 성적표를 보고 기쁜 마음에 내 방으로 뛰어 올라가시려는 아버지를 겨우 말렸다면서, 일 때문에 새벽같이 출근하신 아버지 얘기를 하다 또 한 번 눈시울을 붉히셨다.

"엄마, 그동안 걱정 끼쳐드려서 죄송해요. 그런데 저는 성적에 연연하고 싶진 않아요. 저한테 중요한 건 성적이 아니라, 모르는 걸 배우고 알아가는 과정이거든요."

내 진심이 통했는지, 어머니는 입가에 미소를 띠셨다. 후에 어머니를 통해 내 이야기를 전해 들으신 아버지도 "형진이의 뜻이 그렇다면 존중해야지"라며 가만히 고개를 끄덕이셨다고 한다.

집안을 발칵 뒤집어놓은 성적표 사건은 그렇게 마무리되었다. 문화와 가치관의 충돌로 인해 가장 소중한 가족끼리 서로 상처를 입힌 사건이었지만, 그 일을 통해 나는 '소통'의 중요성에 대해 배울 수 있었다. 내 가치관이나 생각이 아무리 확고하더라도 이를 상대에게 전하지 않고서는, 그가 내 진심을 알아줄 수 없다는 사실을 깨달은 것이다.

간혹 주변에서 '부모님과 말이 통하지 않아 힘들다'는 불평을 늘어 놓는 친구들을 보면, 나는 이때의 경험을 이야기해주곤 한다.

말이 통하지 않는 게 아니라 대화할 시도조차 해보지 않은 것은 아니냐는 질문과 함께. 아무리 가까운 사이더라도 서로의 속내를 물속 보듯 훤히 들여다볼 수는 없는 노릇이다. 내가 가지고 있는 생각을 말로 표현할 때, 비로소 상대방에게 전달되는 법. 내가 결과보다는 과정을 중시하기에 성적에 연연하지 않는다는 말씀을 드린 후, 부모님은 다시는 성적표를 보자는 말씀을 하지 않으셨다.

나의 경쟁자는
오로지 '어제의 나'뿐이다

고등학교 3학년 때 사이가 멀어진 친구가 하나 있다. 졸업 후 스탠퍼드대에 들어간 그 친구는 고등학교 학생회 회장 선거에서 나를 누르고 회장이 되었다. 선거 당시, 말하자면 우리는 라이벌이어서 둘 중 한 사람이 회장이 되면 나머지 한 사람은 부회장이 되어야 하는 상황이었다.

솔직히 나는 '회장'이라는 타이틀에 별로 관심이 없었다. 그러면서 선거에는 왜 출마했냐고? 너무 모범답안 같아서 이야기하기 쑥스럽지만, 학생회 활동으로 지역사회의 여러 가지 일들을 조금씩 맛보는 데서 오는 '재미'와 미력하나마 학생으로서 지역사회에 자그

마한 역할이라도 할 수 있다는 데서 오는 '보람'에 의의를 두었기 때문이다.

그러나 그 친구는 달랐다. 꼭 회장이 되어야만 하는 이유가 있었다. '리더십'이 대학 입학전형의 평가항목으로 포함되어 있는 대학에 지원할 경우, 지원자가 '졸업연설'을 했느냐 하지 않았느냐가 중요한 문제가 되는데, 우리 학교는 관례적으로 수석졸업생과 학생회 회장, 그리고 오디션을 통해 뽑은 졸업생 한 명이 졸업연설을 하곤했다. 그 친구는 수석졸업생이 되기에는 성적이 부족했기 때문에 졸업연설을 하려면 반드시 회장이 되어야만 했던 것이다(비록 회장은 되지 못했지만, 나는 수석졸업생 자격으로 졸업연설을 할 수 있었다).

그런데 그 친구가 어떻게든 나를 이기려고 했던 것이 단지 입시에 대한 치밀한 계산 때문만은 아니었던 것 같다. 학생회장 선거뿐만 아니라 모든 학교활동에서 그 친구는 항상 나를 '밟고 올라서야 하는 경쟁자'로 취급하면서 특별한 이유 없이 견제하곤 했다. 한번은 성금모금을 통해 병원에 크레용을 기부한 적이 있는데, 그때도 그 친구는 "무조건 패트릭보다 많이 모아야 돼!"라며 경쟁심을 불태웠다. 모금활동의 의의보다는 나를 이기는 것이 중요했던 모양이다. 수업이 끝나고 선생님과 이야기를 나누다 교실에서 나온 내게 "선생님이랑 무슨 얘길 그렇게 오래 했어? 혹시 그레이드

배링턴 고등학교 졸업식. 나는 수석졸업생 자격으로 졸업연설을 했다.

그루빙Grade-grubbing 한 거 아냐?" 하고 비아냥거릴 때도 많았다. '그레이드 그루빙'은 점수를 올리기 위한 일종의 로비활동을 뜻한다.

심지어 학생회장 선거 유세기간에는 자기 생일파티에 의도적으로 나만 쏙 빼놓은 채 나머지 멤버들을 초대하기도 했다. 나중에 알고 보니 그 '유치찬란한' 아이디어의 발상지는 그 친구의 어머니였다는데, 아들을 회장에 당선시키기 위해서 아들에 관한 신문까지 만들어 돌릴 정도로 열성적인 어머니셨으니 그럴 만도 하겠다 싶었다. 어쨌거나 나는 누가 회장이 되든 상관없었고, 더 정확히 말하면 그런 유치한 싸움엔 휘말리고 싶지 않았다(지금 생각해보면,

그런 나의 태도 가 그 친구를 더욱 열받게 했던 것 같기도 하다).

결국 그 친구는 원하던 대로 학생회 회장이 되었다. 그러나 나는 진심으로 축하해줄 수가 없었다. 선거에서 패했다는 사실이 분해서가 아니라, 그 친구가 좀 안쓰러웠기 때문이었다. 그 친구가 했던 일련의 활동들이 순전히 나보다 점수를 더 받기 위해 해온 일들이었다고 생각하니, 어쩐지 좀 씁쓸했다. 그 친구도 진심으로 즐겁지는 않았을 것이 분명하니 말이다.

한국도 비슷하겠지만, 미국은 철저한 경쟁사회다. 교육제도의 바탕에는 기본적으로 '경쟁'의 개념이 깔려 있다. 그러니 나 역시 결국은 경쟁이라는 파도를 무시할 수는 없다고 생각한다. 그런데 능력이나 수준의 절대치를 가지고 경쟁하는 게 아니라, 그저 누구보다 잘하는 것에만 집중하면 뜻하지 않게 상대방에게 상처를 줄 수 있다. 반대로 내가 상처를 받을 수도 있다. 무언가를 못하는 사람을 싸잡아 '못난' 사람으로 취급하거나, 그저 조금 나은 수준인 것을 가지고 '내가 잘나서' 그런 것으로 오해하는 경우도 있기 때문이다.

실제로 사람들은 비교하길 좋아한다. 훌륭한 '라이벌'이 있다는 사실은 분명 스스로에게 동기를 부여하는 좋은 방법 중 하나다. 하지만 나는 어렸을 때부터 다른 사람들과 나를 비교하는 것을 좋아하지 않았다. 지금도 마찬가지다. 목적을 어디에 두느냐의 문제인데, 나는 다른 사람을 제치고 앞서 나가기 위해서 무언가를 한다는 게 무의미하게 느껴졌던 것 같다. 그저 내가 하고 싶은 것을 내가 만족할 만큼 열심히 해내는 데만도 에너지가 부족했기에 더욱 그랬다.

그러다 보니 경쟁자를 물리쳤을 때 느끼는 짜릿함보다 새로운 것을 알게 되고, 알던 것을 더 깊이 알게 되었을 때 느끼는 순수한 희열이 나에게는 더 소중하고 기뻤다. 물론 살면서 경쟁을 피할 수 없는 순간도 많이 찾아왔지만, 그 순간에도 경쟁 자체에 포커스를 맞추기보다는 실력이 향상되는 것, 더 많이 알게 되는 것, 좋아하는 일을 즐겁게 열심히 해서 잘해내는 것에 집중했다. 나는 재미가 있어야 몰두할 수 있는 스타일이다. 모든 일이 그렇겠지만 재미가 있어야 즐길 수 있고, 즐길 수 있어야 어렵고 힘들어도 어떻게든 해내는 것이 아닐까? 그래서 나에게 '1등'이나 '만점', '수석'에 대한 강박관념은 공부를 하는 데 전혀 도움을 주지 않았다.

이런 내 생각이 좀 특이한 것인지는 몰라도, 그것 때문에 이런저런 오해도 많이 받았다. 어떤 사람들은 내가 좋은 점수를 받기 위해 봉사활동을 하고 테니스를 치고 토론대회에 나간다고 수군거리기도 했다. 그런 얘기는 생각만 해도 머리가 지끈거렸지만, 내가 신경 쓴다고 달라질 것도 없으니 그냥 무시해버렸다. 그런 루머를 퍼

트리고 다니는 사람들은 아마 내가 아주 엉뚱한 짓을 해도 '좋은 점수를 받으려고 저러는 걸 거야'라고 생각할 게 뻔하기 때문이다. 명문대 입학을 위한 GPAGrade Point Average를 얻기 위해 전 과목에서 A를 받고 좋은 점수를 받기 위해 봉사활동을 해야 하는 학교생활이라니…, 그런 것은 정말이지 상상조차 하기 싫다.

나는 자신이 무슨 일을 하고 있는지 알고, 자신이 누구인지 알고, 모험을 하고 있지만 그것이 옳은 일이라고 생각하는 사람들을 좋아한다. 그런 사람들은 멋진 조언을 해주는 좋은 친구가 될 수 있다. 반대로 내가 싫어하는 부류는, 늘 경쟁자 뒤에서 무언가를 몰래 캐내려고 하고, 야비하게 이기려고 하고, 남이 가진 것을 빼앗으려고 하는 사람들이다. 그런 사람들은 자기보다 상대방이 조금만 뛰어나거나 똑똑해도 시기심과 질투심에 불타서 어떻게든 상대방을 밟고 올라서려고 한다.

나는 이기고 지는 일에 필사적으로 매달리기보다는, 그 경쟁의 파도를 좀 다르게 받아들이기로 했다. 나에게 경쟁은 지금까지 내가 해온 것에 대한 평가의 수단으로서 의미를 가진다. 그래서 1등이든 꼴등이든, 등수 자체는 내게 별다른 의미가 없었다. 나에게 의미 있는 것은 '내가 지금 어디쯤 와 있나' 하는 것뿐이었다. 결과만 신경 쓰고, 라이벌과 비교하려고만 하면 공부 자체보다 성적표나 등수에서 오는 스트레스 때문에 자신의 능력을 충분히 발휘할 수 없다고 생각한다. 오늘의 내가 경쟁해야 하는 상대는 다른 누구도 아닌 '어제의 나'이다. 어제의 나보다 오늘의 내가 더 행복하고 더 지혜로워지면 그걸로 충분히 기쁜 일이 아닐까? 재수 없다고 해도 할 수 없다.

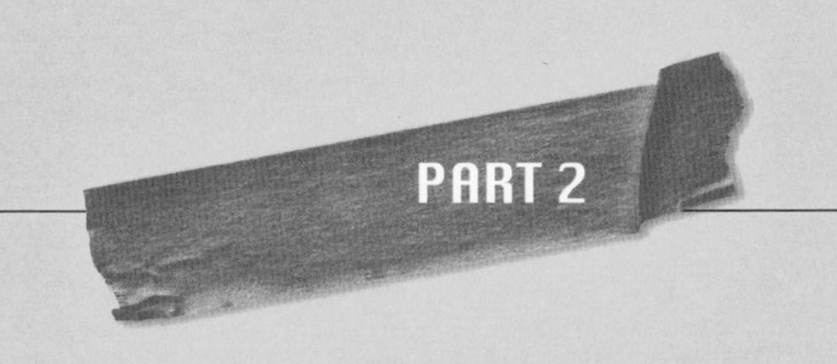

공부는 '머리'가 아닌 '마음'에서 시작된다

우리는 흔히 공부를 '머리'로 한다고 생각하지만, 사실 따지고 보면 공부의 시작은 '마음'인 것 같다. 공부에 대한 마음가짐을 바로잡아야 비로소 공부를 할 의지가 생기고, 그 의지를 동력 삼아 배움의 페달을 밟아 나갈 수 있는 것 아닐까?

'공부'를 둘러싼 그 수많은 괴롭고 칙칙하고 암울한 것들(점수, 등수, 내신등급 등등)을 다 걷어내고, 지식과 정보를 습득하고 조각조각 이어 붙여 멋진 그림을 완성해나가는 순수한 의미에서의 '공부'만을 따져보면, 그리고 좀더 긴 안목을 갖고 보면 공부도 충분히 재밌는 놀이가 될 수 있다. 물론, 어느 정도는 '노력'이 필요한 놀이지만, 우리가 어떤 놀이를 하든 노력하지 않고 잘하게 되는 길은 없는 것 같다. 게임에서 최고의 레벨로 올라가려면 많은 시간 동안 게임에 힘을 쏟아야 하듯이 말이다.

결국 하루이틀만 하고 말 게 아니라 5년, 10년 계속해야 하는 게 공부라면, 순순히(?) 받아들이는 편이 좋지 않을까? 공부도 노력 여하에 따라 얼마든지 놀이처럼 즐길 수 있다. '어떻게 공부하는 것이 가장 재미있을까?' 하고 고민하며 방법을 찾는 과정만으로도, 공부가 훨씬 재미있어질 거라고 약속한다.

어머니가 내게 주신 가장 귀한 선물, 독서습관

까마득한 어릴 적 기억 중 한 장면. 걸음마를 겨우 뗀 자그마한 내가 어머니 손을 잡고 아장거리며 힘겹게 계단을 올라간다. 그렇게 도착한 곳은 꽃과 나비로 알록달록하게 꾸며진 벽으로 둘러싸여 있다. 한눈에 봐도 어린이를 위한 공간임을 알 수 있는 그곳은 바로 배링턴 도서관 2층이다.

시계가 2시를 가리키면 나처럼 어머니 손을 잡고 나타난 아이들이 하나둘 카펫 위에 아무렇게나 앉는다. 누워서 발로 장난을 치는 아이도 있고, 줄곧 엄지손가락을 빠는 아이, 어머니 무릎 위에 앉아 두리번거리는 아이도 있다. 나는 어머니 곁에 앉아 손바닥을 간질이는 중이다.

"자, 자."

선생님이 아이들을 집중시킨다. 선생님 쪽을 쳐다보며 똘망똘망한 눈을 반짝이는 아이도 있지만 깔깔대면서 웃느라 전혀 집중하지 않는 아이도 있다. 아직까지는 대체적으로 소란스러운 분위기. 하지만 곧 아이들은 선생님이 하시는 말씀에 집중하기 시작한다. 나도 어머니의 손을 간질이는 장난을 그만두고 가만히 선생님의 이야기에 귀를 기울인다. 그제야 어머니는 나를 혼자 두고, 뒤쪽으로 가서 빌려 갈 책들을 챙기시기 시작한다. 우리 집에 있는 세 개의 책바구니를 채울 책들이다. 내 방에 하나, 장난감을 두는 곳에 하나, 식탁 옆에 하나, 이렇게 세 개의 책 바구니는 늘 내가 읽을 책들로 가득 차 있었다.

미국에는 도서관이 많다. 아무리 작은 동네라도 최소한 하나쯤은 있다. 또한 대부분의 도서관은 중심지와 가깝고 교통이 편리한 곳에 위치해 있다. 배링턴 도서관은 웅장하고 고풍스러운 옛 건물인데, 앞뜰에는 조각정원이 있고 건물 안에는 각종 전시회나 세미나를 열 수 있는 공간도 갖추어져 있다. 배링턴에 거주하는 사람이라면 누구나 무료로 이용카드를 발급하고 마음껏 책을 빌릴 수 있다. 계절에 따라 건물 안팎에서 작은 음악회가 열려서, 늘 동네 사람들로 북적이는 곳이기도 하다.

배링턴 도서관에 관한 기억은 두 가지다. 첫 번째는 중앙 홀에 있는 커다란 벽난로 옆에서 어머니와 함께 그림책을 읽었던 기억이다. 탁탁 소리를 내며 장작불이 타오르고, 몇몇 사람들이 벽난로 주변에 놓인 소파에 앉아 조용히 책을 읽고 있다. 한쪽에는 미국에서 발행되는 모든 신문과 잡지들이 정리되어 있는 정기간행물 서가가 있었는데, 내가 그림책에 흠뻑 빠져들면 어머니는 조용히 일어나 그곳에서 신문과 잡지들을 읽으셨다.

두 번째는 내가 어릴 적에 가장 좋아했던 '스토리타임Story Time'에 관한 기억이다. 스토리타임은 도서관에서 운영하는 프로그램 중 하나 였는데, 유아들을 위한 일종의 독서교실이었다. 나는 두 살 반, 그러니까 태어난 지 30개월부터 이 프로그램에 참여했다. 어머니는 비가 오나 눈이 오나 하루도 빠짐없이 나를 거기에 데려가셨다. 좀더 자란 후에도 도서관 출입을 게을리하지 않았던 것을 보면, 나의 독서습관은 30개월 즈음부터 생겨났다고 해도 과언이 아닐 것이다. 스토리타임은 내가 앞으로 평생 간직할 책에 대한 사랑을 세포 하나하나에 심어준 셈이다.

그런데 어머니의 책에 대한 열성은 도서관에서 끝나는 게 아니었다. 우리집은 초등학교 교실보다 더 많은 책이 널려 있었다. 책뿐

어린 시절 내 세포 하나하나에 심어진 책에 대한 사랑은 대학생이 된 지금도 여전하다.

만 아니라 색종이나 가위, 풀 같은 만들기 도구, 조립식 장난감 등도 늘 내 손이 닿는 곳에 있었다. 손만 뻗으면 어디에든 책과 놀이도구가 있었다고 해도 과언이 아닐 정도였는데, 모두 '우리 집 스토리타임'을 위한 재료였다.

우리만의 스토리타임은 도서관에서 집으로 돌아오자마자 시작되었다. 어머니는 빌려온 책들을 세 개의 바구니에 나누어 담은 뒤, 잠자코 나를 지켜보다가 내가 책 바구니에서 한 권을 꺼내들면 재빨리 달려와 그 책을 읽어주셨다. 그때는 그 책을 읽고 싶어서 꺼내들었다기보다는(무슨 책인지도 몰랐을 때니까) 그냥 물고 뜯으며 놀려고 잡은 것일 텐데, 어머니는 늘 그 순간을 놓치지 않고 득달같이 달려와서 책을 읽어주셨다. 그리고 책을 다 읽을 때까지 조용히 잘 듣고 있으면 내가 좋아하는 쿠키와 초콜릿 우유를 주시고, 다 먹은 후에는 하늘로 번쩍 들어 올리는 장난도 치셨다. 그때부터 '책은 곧 재미있고 즐거운 것'이라는 공식이 내 몸 안에 새겨진 것 같다.

스스로 책을 찾게 된 것은 좀더 자란 후의 일이었다. 어느 날부터인가 쿠키나 아이스크림과는 무관하게 책 자체가 재미있어지기 시작한 것이다. 책은 내가 직접 가볼 수 없는 곳으로 나를 데려가주었고, 내가 직접 만날 수 없는 사람과 이야기를 나누게 해주었다. 세상 모든 것을 직접 경험하기란 시간적으로나 공간적으로나 한계가 있지만, 책의 세계에서는 불가능이 없었다. 그렇게 책을 통해 수많은 경험을 쌓는 재미에 빠진 후부터는 누가 시키지 않아도 열심히 책을 찾아 읽었고, 다 읽고 나면 스스로에게 상을 주고 싶어서 자전거를 타기도 했다. 특히 두꺼운 책의 마지막 장을 덮을 때 느껴지는 뿌듯함, 성취감은 나로 하여금 계속해서 책을 펼치게 만드는 동력이었다.

지금도 내 배낭 속에는 항상 책이 들어 있다. 나는 언제 어디서든 잠깐이라도 시간이 나면 곧 책을 펴든다. 차 안이나 식당, 비행기 안에서는 물론이고 테니스 시합 전후에도 책을 읽는다. 나에게는 독서가 곧 휴식이기 때문이다. 책을 통해 만나는 다양한 세상, 다양한 사람은 나를 꿈꾸게 하고, 그렇게 달콤한 꿈에 취해 상상의 나래를 펼치다 보면 시간은 늘 쏜살같이 흘러간다.

'북 페어Book Fair'라고 재고도서를 학생들에게 싼값에 파는 행사가 있는데, 그 행사가 열리는 날이면 나는 그야말로 물 만난 물고기처럼 신나게 돌아다니며 닥치는 대로 책을 사들이곤 한다. 초등학교 때는 학교에서 학생들이 신청한 책을 대신 주문해주었는데, 배달되어 온 책이 가장 많은 학생은 언제나 나였다.

사람은 자신이 아는 만큼 보고 아는 만큼 사유하기 마련이다. 그리고 '앎'을 풍성하고 다채롭게 채워주는 도구로 책만큼 유용하고 효과적인 것은 없다. 한 사람이 평생에 걸쳐 갈고 닦은 지식을 우리는 한 권의 책을 통해 전수받는다. 그것이 책이 지닌 힘이며, 우리가 독서해야 하는 이유다.

더욱이 독서력은 모든 학습의 기본이자 핵심이다. 뭔가를 읽고 그 내용을 이해하는 것은 모든 공부의 기본이 되기 때문이다. 세상에 관한 이해의 지평이 넓어질 뿐만 아니라, 이해력과 독해력을 길러준다는 측면에서도 아주 중요한 학습능력이다. 어머니가 내게 주신 수많은 것들 중에서 가장 귀중한 선물은 바로 독서습관이라고 생각한다. 아주 어릴 때부터 세포 하나하나에 책을 사랑하는 유전

자를 집어넣어주신 것은 아마 평생 동안 나의 가장 중요한 경쟁력 이자 밑천이 되어줄 것이다.

내가 밤새
화장실에서 나가지 못한
이유

예일대에 오기 전까지 살았던 배링턴 집의 내 방은 꿈이 이글거리는 주물공장 같은 곳이었다. 어린 시절부터 온갖 상상의 나래를 펼치면서 공부도 하고 책도 읽고 꿈도 키웠던 곳. 그렇다고 해서 대단히 넓고 쾌적하다거나 최첨단 학습 기자재가 완비된 방은 당연히 아니었다. 침대와 책상, 책장 등이 있는 그냥 평범한 공부방이었을 뿐이다. 지금도 방에 가보면 오랜 친구처럼 익숙한 책장과 파일함에 손때 묻은 노트와 파일들이 가득하다. 노트와 메모들이 방 전체를 가득 채우고 있는 내 방을 보고 친구들은 '박물관 같다'는 표현을 하곤 했다.

내 방 사진. 여기저기 쌓여 있는 책더미가 흡사 전쟁터를 방불케 한다. 하지만 내 나름의 규칙은 있어 원하는 물건을 찾는 일이 어렵지 않다!

내 방의 가장 큰 특징을 꼽자면, 무척 정신없다는 것과 책상이 무지 크다는 것이다. 책상 왼쪽에 책장 2개가 나란히 붙어 있고, 책상에서 조금 떨어진 곳에는 컴퓨터가 있다. 한쪽 벽에는 커다란 코르크 게시판도 있는데, 무언가를 끼적여서 붙여놓길 좋아하는 나에게 아주 중요한 소품이다. 책상 의자는 적당히 딱딱해서 긴장감을 유지하는 데 제격이다. 너무 푹신하거나 편안한 의자는 졸음이 올

수 있기 때문에, 되도록 사용하지 않으려고 했다.

이처럼 내가 가장 편하게 공부할 수 있는 '나만의 공간'으로 최적화시켜놓은 덕에, 초등학교 이후로는 도서관 같은 공공장소보다는 내 방에서 공부하는 것을 좋아했다. 소리 내어서 책을 읽거나 중얼거릴 수 있다는 점도 내 방에서 공부하는 것을 좋아한 이유 중 하나. 나는 교과서에 밑줄을 마구 긋고 메모도 맘껏 써넣으면서 공부했는데, 그때 손으로 쓰면서 소리 내어 말하고 그 소리를 귀로 다시 듣는 것이 암기와 이해에 큰 효과가 있었다. 내 입에서 나간 소리가 다시 내 귀를 통해 들어오면 뇌에 확실하게 새겨지는 기분이 든다. 그래서 나는 수학공부를 할 때도 마치 누군가에게 설명하는 것처럼 큰 소리로 공식을 외우거나 문제를 풀곤 했다.

하지만 내가 내 방에서 공부하길 즐긴 진짜 이유는 따로 있다. 이른바 내 방의 '비장의 무기'! 그것은 바로 내 방 옆에 딸린 작은 화장실이다. 내 방은 부엌과 가까워서 꽤 시끄러운 편인 데다, 가끔은 거실에 있는 TV 소리까지 들려왔다. 여러 가지 생활소음들이 무차별 적으로 밀려들어오기에, 엄밀히 따지면 내 방은 혼자만의 공간이라 할 수 없었다. 소음들과 함께 생활해야 했으니 말이다.

그런데 내 방 옆에 딸린 작은 화장실은 문을 닫으면 바깥세계와 완전히 차단되었다. 하얏고 깨끗한 벽면으로 둘러싸인 공간에

내 방 화장실. 이곳은 내게 전쟁터이자 안식처이자 독서실이었다.

작은 변기가 하나 놓여 있는, 그냥 아주 작은 골방 같은 곳. 하지만 그 화장실은 집중하기에 최적의 장소였다.

주의가 산만해지거나 주변에서 소음이 심해질 때, 나는 필기도구와 노트북, 교과서 등을 화장실로 옮긴 후 작은 책상을 놓고 바닥에 앉아서 공부했다. 작은 앉은뱅이 책상과 내 몸 하나가 들어가면 꽉 차는, $1.5m^2$도 안 되는 정말 작은 공간이었는데, 내 생각에는 그렇게 아주 작은 곳이었기 때문에 집중이 더 잘되었던 것 같다. 주위를 둘러봐도 눈 둘 곳이 없고, 오직 나와 공부해야 할 것만 존재하는 공간이었으니 말이다. 학교공부는 물론이고 짧은 시간에 고도의 집중력을 발휘해야 하는 토론대회 준비, 나에게 많은 상을 안겨 준 에세이 작성도 다 그곳에서 이루어졌다.

특히 고등학교 토론 팀에서 활동할 때 내 방 화장실이 큰 활약(?)을 해주었다. 토론대회 일정이 잡히면 대회 전에 주제에 관한 스피치용 원고를 써야 했는데, 준비할 시간이 부족할 때는 밤새 화장실에 틀어박혀서 원고를 쓰기도 했다. 수십 권의 책과 논문, 프린트한 자료 등을 펼쳐놓기에는 공간이 비좁아서 화장실 문을 열어두고 밖에까지 책과 자료들을 늘어놓고 작업을 했다. 그렇게 화장실에서 밤을 홀딱 새운 날도 부지기수였다.

사실 화장실에서 공부할 때 도움이 되었던 숨겨진 비밀이 하나 더 있다. 천장 쪽에 달린 환풍기가 그것이다. 나는 공부할 때 늘 환풍기를 켜놓았는데, 들릴 듯 말 듯한 '윙~' 하는 백색소음White Noise을 좋아했기 때문이다. 백색소음은 외부소음을 덮으면서 이른바 무채색의 중립적인Neutral 공간을 만들어주었다. 사람에 따라 다르겠지만 나에게는 효과가 컸다. 최면이 걸리는 기분이랄까? 높낮이도 리듬도 없이 한 톤으로 울려퍼지는 소리를 듣고 있노라면, 정신이 점점 또렷해지는 기분이 들었다.

집을 떠나 대학에 온 후에도 가끔씩 그 방이 그립다. 기숙사에는 당연히 그런 공간이 없으니 아쉬운 대로 도서관에서 귀에 이어

폰을 꽂고 음악을 들으며 공부한다. 이때는 주로 클래식을 듣는다. 가사가 없기 때문에 외부소음을 차단하면서 집중력을 높이는 데 도움이 되기 때문이다. 가사가 있는 음악을 듣다 보면 나도 모르게 가사에 귀를 기울이고 흥얼거리는 경우가 생겨서, 되도록 듣지 않게 되었다. 클래식 음악 중에서도 바이올린 연주를 좋아하는데, 어릴 적부터 바이올린을 배워서 그런지(나는 네 살부터 바이올린을 시작했다) 그 소리가 마음속 깊은 곳부터 안정감을 되찾아주는 기분이 든다. 가끔씩 아는 곡이 나오면 머릿속으로 그 곡을 따라 연주해 보거나, 한 마디 한 마디 연주자의 기교에 귀를 쫑긋 세우게 되는 것은 단점이지만 말이다.

결국 공부하는 데 있어 최적의 환경은 스스로 만들기 나름인 것 같다. 내 방 화장실을 떠난 뒤, 내가 새로운 환경을 계속해서 찾아냈듯이 말이다. 우리 집 화장실 같은 곳이 없다고 해도, 누구나 자신이 가장 편안하게 공부할 수 있는 환경은 스스로 만들 수 있다고 생각한다. 예를 들어 집중이 잘되는 조명을 찾아보고 스탠드를 바꾸거나, 책상과 책장의 구조를 자신의 공부 스타일에 맞게 이리저리 옮겨 본다거나, 이도 저도 안 되면 튼튼한 가전제품 박스라도 구해서 독서실 칸막이처럼 책상 옆에 붙이는 것도 방법이다. 공부를 하겠다는 의지만 있으면, 환경을 조성하는 것은 얼마든지 가능한 일 아닐까?

시간의
주인이 되려면
시계를 잊어라

중고등학교 내내 나는 아침에 예습을 하기 위해 새벽 5시에 일어났다. 보통 밤늦게까지 과제를 하거나 공부를 하다 잠들었기 때문에, 5시에 일어나는 것은 죽고 싶을 만큼 힘든 일. 대개는 알람소리를 듣고 일어났지만, 간혹 알람소리조차 듣지 못하고 잠든 날에는 어머니가 손수 나를 깨워주셨다.

그런데 그때는 아침에 일어나기 힘들다고 툴툴거리기만 했지, 나보다 먼저 일어나서 깨워주시는 어머니가 얼마나 힘드실지는 생각하지 못했다. 기절한 듯이 자고 있는 나를 보면 더 재우고 싶은 마음이 굴뚝 같으셨겠지만, 내가 세운 나의 계획과 나의 하루를 망치지 않도록 모진 마음을 먹고 깨우셨을 텐데, 늘 짜증으로 답했던 것이 새삼 후회스럽다.

그렇게 거의 매일 새벽, 어머니는 내 방 화장실에서 새어나오는 불빛을 따라 방바닥에 너저분하게 널려 있는 파일들, 신문, 잡지, 책, 노트 등을 요리조리 피해 발뒤꿈치를 들고 나를 깨우러 오셨다. 책 더미 위에 엎어져서 기절한 것처럼 잠든 나를 깨우려면, 형광분홍색의 작은 포스트잇 메모지가 닥지닥지 붙어 있는 파일 뭉치들과 책상 위, 책꽂이는 물론이고 바닥까지 붙어 있는 포스트잇들을 넘어 오셔야 했다. 까치발로 조심 또 조심. 언젠가 어머니는 예전에 배웠던 요가 동작이 새벽에 나를 깨울 때 도움이 될 줄은 정말 몰랐다고 농담을 하시기도 했다.

책가방을 껴안고 침대에서 이불과 함께('이불을 덮고'가 아니라) 웅크리고 잤던 어느 날의 일이 떠오른다. 어머니는 차가워진 내 발을 이불 속에 집어넣어주시고 당신의 따뜻한 손으로 내 다리를 데워주셨다. 지압하듯이 발바닥을 꾹꾹 누르기도 하고 종아리를 주무르기도 하면서. 잠에서 깨어날 때 내가 조금이라도 덜 괴롭길 바라는 어머니의 마음이 전해지는 듯했다.

나는 그 전에 잠이 깨긴 했지만 눈은 뜨지 않았다. 대신 이리 뒹굴, 저리 뒹굴 하면서 웅얼웅얼 "피곤해서 못 일어나겠다"며 어리광을 부렸던 것 같다. 어머니는 손끝으로 내 관자놀이를 꾹꾹 누른 다음, 마지막으로 귀지까지 청소해주셨다. 그러고는 "아들아, 엄마는 이제 도시락 만들어야 해" 하고 귓속말로 속삭이셨다. 그제야 간신히 침대에서 몸을 일으킨 나를 보고, 어머니는 아마 미소를 지으며 방을 나가셨을 것이다.

매일 이렇게 따뜻한 풍경만 연출되었다면 얼마나 좋았을까. 하지만 안타깝게도 대부분의 날들은 '전쟁'에 가까웠다.

"이형진, 안 일어나! 네가 꾸물거린 시간만큼 오늘 더 늦게까지 깨어 있어야 하는 거 몰라?"

"아, 제발! 5분이요, 5분만 더 잔다고요."

단 1분이라도 더 자려는 나와 1분이라도 일찍 깨우려는 어머니 사이에 실랑이가 벌어지길 다반사. 결국 어머니의 성화에 못 이겨 일어나서는 괜히 신경질을 부리며 방문을 쾅쾅 닫는 날도 많았다. 이렇듯 새벽 5시에 일어나는 것은 어머니에게나 나에게나 그야말로 전쟁이었다. 평소에 어머니가 가장 중요하게 생각하신 것은 '시간관리'였는데, 남과의 약속이든 자신과의 약속이든 약속은 칼같이 지키는 게 당연한 일이라 강조하시면서, 1분 1초도 허투루 쓰는 것을 절대 용납하지 않으셨다. 내가 아무리 큰 실수를 하고 온갖 바보짓을 하고 다녀도 다 용서해주셨지만, '시간'에 관해서만큼은 눈곱만큼도 봐주시는 게 없었다.

이 때문에 처음에는 스트레스도 많이 받고, 어머니와 마찰도 자주 빚었지만 커갈수록 나 역시 어머니를 닮아가게 된 것 같다. 이제는 시간에 있어서 어머니보다 내가 더 엄격한 잣대를 들이대니 말이다.

시간관리를 한다고 해서, 1분 1초를 쪼개어 무슨 일에 몇 시간 몇 분, 무슨 일에 몇 분 몇 초를 할애하는 것은 아니다. 나와 어머니에게 있어 시간을 관리한다는 의미는, 무엇을 하는 시간 동안은 그 일에 최선을 다해 전력투구한다는 뜻에 가깝다.

이상하게 생각할지 모르겠지만, 중고등학교 때 내 방에는 벽시계가 없었다. 원래부터 없었던 것은 아니다. 벽시계가 하나 있었는데 처음에는 수건으로 가려놓았다가, 나중엔 아예 떼어버렸다. 시계가 있으니 좀처럼 시간관리가 어려웠기 때문이다. 시계 때문에 시간관리가 안 된다니, 무슨 말이냐고? 물론 선뜻 이해가 되지 않는 말일 것이다.

나의 경우, 시계가 있으면 계속 시간을 의식하게 되는 것이 문제였다. 가령 새벽 2시쯤 되면 사실 아직 그다지 피곤하지 않은데도 '시간이 이쯤 되었으니까 나는 이만큼 피곤하겠지? 그러니까 공부는 그만해도 좋아'라고 생각하게 된다. 시계 때문에 내가 나에게 의도하지 않은 한계를 지어버리는 것이다.

진정한 시간관리는 시간에 휘둘리는 게 아니라 내가 시간의 주인이 되는 것이다. 시간에 쫓기거나 초조해하는 게 아니라, 내가 쓰고 싶은 만큼 마음껏 쓰는 것이 진정한 시간관리가 아닐까? 2시부터 4시까지 공부를 하겠다고 마음먹었을 때, 중요한 것은 '공부를 2시간 하는 것'이 아니라 '2시간 동안 집중해서 열심히 공부하는 것'이라고 생각한다. 설사 1시간밖에 공부를 하지 않았다고 해도, 최선을 다해 집중했다면 그것은 충분히 의미 있는 시간사용일 것이다. 반대로 처음에 계획했던 2시간을 공부했다고 해도, 중간 중간 다른 생각을 하거나 딴짓을 하면서 시간을 보냈다면 계획을 완수했다고 할 수 없을 것이다. 시간을 관리하고 시간의 주인이 된다는 것은 그 시간을 의미 있게, 충실히 사용하는 것이라고 생각한다.

중고등학교 때나 지금이나 내게 시간은 늘 '절대적'으로 부족하다. 공부하는 사람은 늘 시간과 싸운다. 하고 싶은 일도 많고 해야 할 일도 많은데 시간은 한정되어 있기 때문이다. 10년, 아니 20년이 지나도 마찬가지일 것 같다. 하지만 초조해하며 시간에 끌려다니기보다는 내가 가진 1분 1초를 소중하게 쓰면서 시간의 주인이 되어보려고 한다.

시간관리란,
시간 단위의 계획표가 아니라
무엇을 하는 시간 동안은
그 시간에 최선을 다해
전력투구하는 것.
진정한 시간관리는 시간에
휘둘리는 게 아니라
내가 시간의 주인이 되는 것이다.

공부는 '노력이 필요한 놀이'이다

공부를 좀 한다 하는 아이들은 미리 입을 맞추기라도 한 듯, 하나같이 '공부를 즐겨야 한다'고 얘기한다(물론 나를 포함해서!). 그런데 공부가 정말 즐거울 수 있을까? 어쩌면 지금 속으로 '누가 몰라서 못 하냐? 그런 비현실적인 얘기는 안드로메다에서나 가능한 일이라고!'라며 혀를 차는 사람이 있을지도 모르겠다.

그렇다면 공부와 재미의 선후관계는 과연 어떻게 될까? 공부를 재밌게 하라고 말하는 아이들, 즉 공부를 잘하는 아이들은 자기들이 공부를 잘하니까 공부가 재미있어진 것은 아닐까? 공부를 잘하는 것과 공부가 재미있어지는 것, 어느 쪽이 먼저일까?

사실 이것은 닭이 먼저냐 달걀이 먼저냐와 다를 바 없는 문제다. 어쨌든 중요한 것은 공부가 재미있어야 한다는 것! '공부'를 둘러싼 그 수많은 괴롭고 칙칙하고 암울한 것들(점수, 등수, 내신등급 등등)을 다걷어내고, 지식과 정보를 습득하고 조각조각 이어 붙여 멋진 그림을 완성해나가는 순수한 의미에서의 '공부'만을 따져보면, 공부가 그렇게 머리 아프고 지겨운 것만은 아니지 않을까? 좀더 긴 안목을 갖고 보면 공부도 충분히 재밌는 놀이가 될 수 있다. 물론, 어느 정도는 '노력'이 필요한 놀이지만, 우리가 어떤 놀이를 하든 노력하지 않고 잘하게 되는 길은 없는 것 같다. 게임에서 최고의 레벨로 올라가려면 많은 시간 동안 게임에 힘을 쏟아야 하듯이 말이다.

나는 무엇을 하든 '재미'를 중요시하기 때문에, 공부에 있어서도 어떻게든 재미를 더하려고 노력했다. 그렇게 해서 터득한 나만의 방법이 있는데, 몇 가지만 소개해보려고 한다.

정말 지겨운 공부 중의 하나가 단어암기인데, 어휘력을 늘리는 가장 간단하면서도 쉬운 방법으로는 '퍼즐'이 있다. 약간의 인내심이 필요하므로 누구에게나 적용되지는 않겠지만, 내겐 꽤나 유용한 공부법이었다.

나는 단어를 암기할 때도 단어집Vocabulary은 보지 않았다. 수만 개의 단어가 꽉 차 있는 단어집이라는 책은 당최 재미가 없어서 계속 볼 수가 없었다. 그래서 나는 초등학교 때부터 단어집 대신에 신문에 나오는 크로스워드 퍼즐Crossword Puzzle(십자말풀이)을 잘라서 가지고 다녔다. 그러니까 나는 퍼즐을 통해 단어를 암기한 셈이다. 무조건 단어와 뜻을 줄줄이 외운 것이 아니라, 주어진 질문에 대한 답을 찾으면서 자연스럽게 단어와 뜻을 암기한 것이기 때문에 지루하지도 않고 머릿속에 더욱 쏙쏙 들어왔다.

크로스워드 퍼즐과 관련해 재미있는 일화가 있다. 초등학교 때부터 활동했던 연주단 '매지컬 스트링스 오브 유스Magical Strings of Youth'의 로마 공연을 마치고, 어머니와 둘이서 관광차 영국에 갔을 때였다. 그곳에서 우연히 윔블던 테니스 대회가 열린다는 소식을 접했다. TV로만 보았던 윔블던 대회라니! 유명한 선수들을 직접 볼 수 있는 절호의 기회에, 심장이 요동치기 시작했다. 그러나 표를 구하려고 알아보니, 이미 예매가 다 끝났기 때문에 대회가 열리는 현장에서만 티켓을 구입할 수 있다고 했다.

다음 날 새벽같이 호텔을 나와 윔블던으로 가는 기차를 탔다. 윔블던에 도착한 것은 오후 2시경. 경기장은 이미 세계 각지에서 모여든 사람들로 인산인해를 이루고 있었다. 우리는 경기장에서 동네 골목까지 길게 이어진 티켓박스 줄의 맨 끝으로 달려갔다. 보아하니 전날부터 진을 치고 있던 사람들도 많은 듯했다. 줄을 선지 3시간이 지났는데도 여전히 티켓박스가 보이지 않았다(6시가 다 되어서야 겨우 티켓박스가 보였다).

크로스워드 퍼즐을 꺼내든 것은 지루함에 완전히 녹초가 되었을 무렵이었다. 나는 모르는 부분이 있을 때마다 주위 사람들에게 퍼즐을 보여주고 답을 물었다. 몇 번 그렇게 하자 사람들이 관심을 보이기 시작했고, 어느 순간부터인가 꽤 많은 사람들이 가세하더니 결국은 나를 중심으로 크로스워드 퍼즐 맞히기 그룹이 형성되었다.

나는 그때 영국 사람들과 함께 풀었던 단어들을 아직도 생생히 기억하고 있다. 이때의 추억은 공부도 얼마든지 재미있게 할 수 있다는, 재미있게 하면 더욱 오래 기억할 수 있다는 사실을 알려준 좋은 경험이기도 했다.

재미있게 공부하는 또 하나의 방법은 바로 토론이다. 나는 초등학교 고학년으로 올라가면서부터 친구들과 함께 숙제나 수업주제에 대해서 토론을 벌이곤 했다. 토론이라고 해서 거창한 것은 아니고, 서로가 생각하는 것들을 이야기하는 수준이었지만 말이다.

특히 숙제를 다 하고 나서 친구들과 전화로 답을 맞춰보았던 게 도움이 많이 됐다. 서로 답이 다를 경우에는 서로가 생각하는 근거에 대해서 이야기를 나누었는데, 그 과정에서 문제에 대해 훨씬 더 깊이 이해할 수 있었다. 내가 문제를 풀었던 과정을 친구에게 설명하다 보면 해결방법도 더 명확해졌다. 내가 무엇이 틀렸는지, 어째서 오답이 나왔는지 스스로 찾아낼 수 있었고, 친구의 설명을 들으면서 새로운 해법도 배울 수 있었다. 함께 토의하다가 둘 다 몰랐던 더 좋은 방법을 찾기도 했고 말이다.

그렇게 찾아낸 답이 맞든 틀리든, 토론을 하고 나면 그냥 나 혼자 숙제를 하는 것보다 훨씬 많은 것이 기억에 남았다. 숙제는 일단 선생님께 제출하고 나면, 채점이 되어서 돌아올 때까지는 그것에 관해서 더 이상 고민하지 않게 된다. 하지만 숙제를 제출하기 전에 친구들과 토론하고 답을 맞춰보면, 우리가 논의한 내용이 정말 맞았는지, 어떤 부분이 맞고 어떤 부분이 틀린지 계속해서 고민을 하게 되었다. 그리고 채점지를 받았을 때, 고민했던 부분들을 확인하다 보면 내용이 더 확실히 각인되었던 것 같다.

그런 토론은 고등학교 때까지 내내 계속되었고, 나와 친구들 모두에게 도움이 되었다. 혼자서 교과서를 붙잡고 낑낑댈 때는 지치고 짜증 났던 문제가, 친구들과 모여 이야기를 하는 과정에서는 신나는 탐구대상이 되었다. 토론에서 밀리고 싶지 않은 경쟁심에, 각자가 더 열심히 공부를 하게 되기도 했고 말이다.

누구에게나 통용될 만한 만국공통의 공부비법이라는 건 없는 것 같다. 그리고 내 방법이 누구에게나 먹힐 거라고 장담할 수도 없다. 하지만 잘 찾아보면 자신에게 맞는 공부법은 분명히 있다. 하루 이틀만 하고 말 게 아니라 5년, 10년 계속해야 하는 게 공부라면 오랫동안 질리지 않고 즐겁게 할 수 있는 방법을 찾는 게 최선이다. 내게 가장 재미있는 방법이 가장 좋은 방법이라는 원칙만 기억해두길 바란다. 공부도 노력 여하에 따라 얼마든지 놀이처럼 즐길 수 있다. '어떻게 공부하는 것이 가장 재미있을까?' 하고 고민하며 찾는 과정만으로도, 공부가 훨씬 재미있어질 거라고 약속한다.

SAT 만점의 비밀이 체력관리라고?

한국 아이들이 대입수학능력시험에 스트레스를 받듯이 미국 아이들에게도 SAT는 넘어야 할 큰 산이다. 나는 주로 서점에서 파는 SAT 문제집을 사다가 혼자 공부했는데, 주위의 친구들 중에는 SAT 시험에 대비하기 위해서 학원에 가거나 과외를 받는 아이들도 제법 많았다.

나의 경우, 계속 독학을 하다가 고등학교 3학년 때 시험경향도 파악할 겸해서 학교 내에 개설된 SAT·ACT 연습 클래스를 찾았다. 시험에 임하는 마음가짐과 시험 준비요령, 주어진 시간 안에 시험을 잘 치르는 방법 등을 가르쳐주고 연습시키는 클래스였다. 담당 선생님은 시험을 치르는 동안 흐트러짐 없이 시험에 집중할 수 있도록 평소 체력관리에 신경 쓰라고 당부하셨다. 적어도 시험 일주일 전부터는 충분한 수면이 필요하다고도 여러 번 강조하셨다. 시험 볼 때 졸리거나 멍해지면 집중력이 떨어지고, 집중력이 떨어지면 실수가 생기기 마련이다. 최대한 실수를 줄여야만 노력한 만큼 제 실력을 다 발휘할 수 있기 때문에 평소 체력관리가 중요하다는 말씀이었다.

누군가 나에게 SAT·ACT 만점의 비결을 묻는다면, 나 역시 첫째로 체력관리를 꼽을 것이다. 사실 가장 기본적이고 당연한 사항인데, 의외로 많은 친구들이 컨디션 조절을 못해서 시험을 망친다. 특히 동양계 학생들의 경우 어릴 때는 월등히 뛰어난 실력을 발휘하다가도 시간이 갈수록 점점 뒤처지는 경우가 많은데, 바로 체력싸움에서 밀리기 때문이다. 반면 아주 어릴 때부터 스포츠로 체력을 단련시켜온 미국 아이들은 공부의 양이 많아지고 공부시간이 늘어나도 쉽게 지치지 않는다.

나의 경우 워낙 어릴 때부터 테니스로 단련해온 몸이라서 체력관리에 특별히 신경 쓸 일은 없었다. 그보다는 먹는 것에 어머니가 신경 써주셨던 게 큰도움이 되었던 것 같다. 어머니는 시험 일주일 전부터 좀더 주의를 기울여서 식단을 짜셨다. 특히 시험 당일 아침

식단은 정말 머리를 싸매고 고민하셨다. 아침을 거르면 배가 고파질게 분명하지만, 또 무얼 잔뜩 먹었다가 배탈이라도 나면 큰일이었다.

SAT 시험은 4시간 동안 치러지는데 생각하기에 따라 짧을 수도 길 수도 있는 시간이다. 중간에 식사시간이 없기 때문에, 아침을 부실하게 먹으면 배가 고파질 수도 있는 노릇. 배가 고파지면 그것 때문에 주의가 흐트러질 수도 있고, 그러다 제대로 실력을 발휘하지 못할 수도 있다. 어머니는 이런저런 고민 끝에 시험 사흘 전부터 열량이 높은 음식을 저녁 메뉴로 만들어주셨다. 치즈를 듬뿍 넣은 스파게티나 라자냐 같은 음식들 말이다. 그러면 시험 당일 아침엔 시리얼만 먹어도 든든하지 않겠느냐는 이유에서였다. 그리고 시험 날 아침, 바나나와 파워바Power Bar, 그라놀라 바Granola Bar 같은 열량이 높은 간식을 물병과 함께 챙겨주셨다. 바나나는 포타슘Potassium이 많이 들어가 있어서 마음을 안정시키고 스트레스를 조절하는 데 효과적이라고 알려져 있다.

이런 어머니의 노력 덕분인지 시험 당일 나의 컨디션은 최상이었다. 어린 시절부터 운동을 통해 꾸준히 단련해온 체력과 어머니가 정성들여 준비한 식단이 나의 컨디션을 최고조로 끌어올린 것이다.

두 번째 비결을 꼽자면, 자기확신이다. 수능이든 SAT든 큰 시험을 목전에 두면 누구나 불안하고 초조하다. 아직도 공부해야 할 게 산더미같이 남았는데 시간은 빛의 속도로 흘러가고, 지난날에 대한 후회와 포기해버리고 싶은 마음까지 별별 생각이 다 든다. 어떤 경우에는 걱정과 불안이 도를 넘어 그것 때문에 공부에 지장이 생기거나 시험을 망치는 상황이 발생하기도 한다. 과도한 스트레스 때문에 이미 알고 있는 것까지도 생각나지 않는 경우가 있다.

우선, 시험에 대한 부담감을 떨쳐내는 것이 관건이다. 사실 시험을 좋아하는 사람이 어디 있겠는가. 하다못해 주기도문에도 '우리를 시험에 들게 하지 마옵시고'라는 말이 나올 지경이니, 대학입학을 위한 시험이든 인생의 시험이든 테스트라는 것 자체는 그다지 반가운 것이 아니다. 하지만 이렇게 생각해보면 어떨까? 시험이라는 것이 1등부터 꼴등까지 줄을 세우기 위한 것이 아니라, 내 진짜 실력을 측정하기 위한 것이라고 생각해본다면? 시험의 진정한 의미는 '아, 내가 여기까지 왔구나!' 하는 확인과 '이건 몰랐던 거고 저건 아는 거구나. 앞으로 이러이러한 것을 더 열심히 공부해야지' 하고 나아갈 방향을 되짚는 데 있는 것 같다. 이렇게 생각하고 나면 마음이 한결 가벼워지지 않을까 싶다.

시험에 대한 마음가짐을 좀더 가볍게 하고 난 후에는, 스스로 준비가 되었다는 '자기확신'을 가질 필요가 있다. 일단 자신을 굳게 믿고 '잘할 수 있다'는 확신을 품어야 몸과 마음이 편안해지고, 시험 직전에 하는 총정리 복습도 효율적으로 할 수 있다.

특히나 이런 시험은 정해진 시간 내에 치러야 한다는 제약사항이 있다. 누구에게나 똑같은 시간이 주어지는 것이니 시간에 대한 압박감은 공평한 셈이다. 그런데 그런 압박감으로 '긍정적인 긴장'을 이끌어내어 평소 실력보다 시험을 더 잘 보는 사람이 있는가 하면, 반대로 불안감과 초조함에 휘둘려 아무것도 못하는 사람이 있다. 정신력이 중요한 이유는 바로 이것이다. 쉽게 말해 '간이 큰' 사람, 정신력이 강한 사람은 실력을 100% 발휘하는 데 방해가 되는 모든 조건과 상황의 압박으로부터 자신을 보호할 수 있다.

마지막 세 번째는 '한 포인트에만 집중하기'다. 내가 가장 중요한 비결로 꼽는 것이기도 하다.

나는 테니스 시합을 하면서 '지금 이 순간의 포인트'에만 집중하는 법을 연습했다. 그 게임을 이기는 것이나, 그 세트를 이기는 것처럼 너무 큰 것만 생각하다 보면 정작 이번 포인트를 따는 데 집중하기가 어렵다. 공을 받아넘기는 그 순간에는 그 포인트만을 생각해야 하는 것이다. 예를 들어 점수가 40 대 15로 지고 있을 때, '이번 세트를 어떻게든 이겨야 하는데…' 하고 초조하게 생각하면, 경기에 집중하기가 어렵다. 하지만 전체 게임이나 이번 세트에 대한 생각은 잠시 접어두고, 지금 이 순간, 이번 포인트 딱 하나를 잡는 데만 집중하면 게임을 더욱 순조롭게 풀어나갈 수 있다.

마찬가지로 시험문제를 풀 때도 지금 이 문제에만 100% 집중하는 전략이 필요하다. 방금 푼 문제를 몰라서 대충 찍었거나 이전 시간의 시험을 망쳤더라도, 그런 것은 얼른 마음속에서 털어버려야 이후 문제들을 집중해서 풀 수 있다. 그래야 실수하지 않고 차분하게 내가 가진 실력을 모두 발휘할 수 있는 것이다.

자신이 가장 잘할 수 있는 것이 무엇인지 알아가고 앞으로 어떤 일을 해야 세상에 긍정적인 영향을 끼칠 수 있을지 고민하는 기간이 바로 10대 시절이라고 생각한다. 그렇게 보면 시험을 통과하거나 특정한 레벨로 올라가는 일은 수단이자 과정에 불과할지도 모른다. 하지만 그렇다고 해도 무시하거나 등한시할 수는 없다. 시험은 더 큰 바다로 나가는 관문이자, 더 많은 기회를 가져다줄 열쇠이기 때문이다. 길게 보고 멀리 봤을 때 무엇이 나에게 더 크고 깊은 행복을 가져다줄지 현명하게 판단해야 한다.

스스로 만들어낸 지식은 끝까지 기억된다

학교에서 가르쳐주는 것은 생각을 하는 기본적인 방법과 기술이고, 그것을 이용해서 스스로 답을 찾아내는 연습을 하는 게 '공부'다. 수능시험을 일주일 앞두고 있다면 조금 곤란하겠지만, 아직 시간이 남은 친구들에게는 꼭 이 이야기를 해주고 싶다.

수학공식이나 영어단어, 용어의 정의나 역사적 사실 등을 외우는 것은 생각의 재료들을 머릿속에 비축하는 과정일 뿐이다. 그렇게 준비된 정보들을 가지고 답을 찾아가는 것, 그것이 지식을 융합하는 과정이고 그것이야말로 진짜 공부다. 많은 책을 읽고 외워서 재료를 많이 확보하는 것도 중요하지만, 진짜 필요한 것은 문제가 주어졌을 때 남의 도움 없이 스스로 해결하는 능력을 키우는 일이다. 결국 SAT나 수학능력시험의 본질도 그런 능력을 테스트하는 것이고 말이다.

공부에 있어 가장 좋은 것은 학교에서 배운 지식을 언제 어디서든 활용해보면서 '자신만의 지식'으로 재생산하는 습관을 조금이라도 어릴 때 만들어가는 것이라고 생각한다. 그런 습관이야말로 지식을 더 풍성하게 만들고 오래 지속되게 한다.

예를 들어, 영어단어를 외운다고 치자. 연습장에 여러 번 써가면서 암기하는 것만으로는 잘 외워지지 않는다. 단어라는 것은 실제로 활용을 해봐야 확실히 외워지는데, 나 같은 경우는 작문과 스피치에 활용해서 암기했더니 효과가 좋았다. 생전 처음 보는 단어의 경우, 스피치를 할 때 발음이 틀릴 수도 있다. 사람들이 "뭐라고?" 하면서 웃을 수도 있지만, 잠깐 창피하더라도 최소한 그 단어는 그 창피함 때문에라도 더 오래 기억하게 된다. 잊지 말자. 창피함은 1초지만 무식함은 영원하다.

한번은 내가 선생님과 얘기하다가 'belabor(장황하게 말하다라는 뜻)'란 단어를 '벨러보어'라고 발음했다. 그때 선생님은 즉시 '빌레이버'라고 발음을 고쳐주셨다. 7학년(중학교 2학년) 때의 일인데 아직도 기억이 난다. 그러니 그런 단어는 평생 까먹을 수가 없다. 누군가에게 "아, 나 너 체육관에서 봤어. 화요일에 수영할 때 우리 만났잖아" 하고 말하면서 기억을 떠올리듯이, '아, 나 이 단어 기억해. 7학년때 선생님이랑 얘기하다가 내가 발음을 틀려서 선생님이 바로잡아주셨지' 하는 것이다. 이처럼 관련된 경험을 가지고 있으면 마치 머릿속에 단어 카드가 들어간 것처럼 오래 기억하게 된다.

수업시간에 배운 역사적 사실 역시 그냥 단순한 지식으로만 암기 하지 않았다. 프랑스 혁명에 대해 배웠을 때도, 시험을 보기 위해서는 교과서에 수록된 내용을 외우는 것으로 충분했지만, 나는 관련 도서와 자료를 닥치는 대로 찾아 읽었다. 교과서적 지식에서 벗어나 내 지식을 쌓고 싶었기 때문이다.

SAT를 준비하면서 나는 많은 단어를 공부하고 써보려고 했다. 그래서 시험과 상관없는 책도 많이 읽었다. 수업시간에 배운 것을 사용해보고 연습해보다가, 내가 새롭게 알게 된 것에 대해 선생님께 자주 질문도 했다. 책에는 그냥 쉬운 방법Shortcut이나 일종의 요령Trick 같은 것으로 쉽게 푸는 방법이 나오는데, 선생님께 여쭤보면 '이 방법으로 풀면 이러이러한 것 때문에 쉬운 거야' 하고 더 깊고 자세한 원리까지 알려주신다. 그러면 그것까지 자연스럽게 기억이 되기 때문에 문제를 푸는 요령도 확실히 각인된다. 혹시 그 방법을 기억하지 못하더라도, 왜 그런 방법이 나왔는지에 대한 백그라운드를 알고 있기 때문에 스스로 해결책을 찾아낼 수 있었다.

학원에 다니는 친구들의 얘기를 들어봐도 공통점을 발견할 수 있었다. 학원 선생님에게 배우는 것이 효과적인 경우도 있는데, 그 이유는 그분들이 무슨 대단한 비밀을 가지고 있어서라기보다는 우리가 질문을 할 수 있어서다. 질문과 답이 오가고 이야기를 나누면서, 내 지식이 더욱 견고해지는 것이다.

예를 들어 선생님이 틀린 문제를 설명해주셨다면, '맞아. 그 선생님이 2주 전에 내가 틀렸을 때 이렇게 가르쳐주셨지' 하면서 나중에도 머릿속의 정보가 생생하게 되살아난다. 상호작용Interaction이 있었기 때문에 더 빨리 내 지식이 될 수 있는 것이다. 누군가와 이야기를 나누고, 질문하고, 또 푸는 법을 설명해준다면 당연히 효과가 배가된다.

우리가 혼자서 지식을 만들어낼 수는 없다. 하지만 있는 지식에 내 생각과 경험과 노력을 더해, 나만의 지식을 만들어낼 수는 있다. 주어진 정보만을 고스란히 받아들여 그것을 완벽히 숙지하는 일도 중요하겠지만, 그런 공부는 결코 오래가지 못한다. 거기에는 '나'가 없기 때문이다.

거듭 강조하지만 시험만을 위한 공부는 하지 않았으면 좋겠다. 많은 시간을 투자해서 공부하는 것은 누구나 같은데, 어떤 사람은 점수만 받는 데서 끝나고 어떤 사람은 평생 머릿속에 남을 지식을 갖는다면, 전자는 어쩐지 좀 억울할 것 같다(장담컨대, 결국엔 후자가 시험도 잘 본다). 기왕하는 공부라면, 평생 남을 자산이 될 지식을 쌓는 게 여러모로 효율적인 일이 아닐까 싶다.

삶과 공부의 주인이 되는 기술

사람마다 자신에게 맞는 공부방법은 따로 있다. 누군가 최상의 효과를 누린 공부법이라고 해서 나에게도 맞으리란 보장은 할 수 없는 법. 사람마다 몸에 맞는 식사법이나 운동법이 다르듯이, 유용한 공부법 역시 자신의 능력과 성향에 따라 달라지는 것이 아닐까? 결국 자신에게 가장 적합한 공부법은 스스로 찾을 수밖에 없고, 그것을 찾아내는 과정은 공부에 있어 주인의식을 갖는 준비이기도 하다.

물론, 아무런 정보도 없는 상태에서 내게 맞는 공부법을 찾는 일은 맨땅에 헤딩하기나 진배없다. 이런저런 방법을 닥치는 대로 시도해보기에는 시간도, 마음의 여유도 부족할 터. 이럴 때는 다른 사람이 효과를 본 공부법을 참고하면서, 자신만의 공부법을 개발하는 것이 하나의 방법일 수 있다. 지금부터 소개하는 공부법은 내게는 큰 도움이 되었던 것들인데, 다른 사람에게도 미력하나마 도움이 되길 바라며 정리해보았다.

이걸 왜 공부하느냐고?
시험에 절대
안 나오니까!

"오~ 또 패트릭이야?!"

"제발 그만 좀 물어보라고!"

중고등학교 시절, 수업이 끝나고 나면 내게 빗발쳤던 원성들이다. 선생님께 온갖 질문을 퍼붓는 나 때문에 수업시간이 길어지는 것에 대해 친구들은 불만이 많았던 모양이다. 그들에겐 정말 미안했었지만, 나로서는 포기할 수 없는 일이었다.

내가 다닌 중고등학교에서는 클래스의 규모에 따라 수업이 각각 다르게 진행되었는데, 한 클래스의 인원이 평균 30명 정도였다. 당연히 클래스의 규모가 커지면 커질수록 선생님이 학생 개개인에게 관심을 기울일 수 있는 시간이나 기회는 줄어들 수밖에 없다. 그래서 학생수가 많은 수업을 들어야 할 때면, 나는 수업 전에 많은 질문거리를 준비했다. 수업시간에는 선생님께 열심히 질문세례를 퍼부었으며, 수업이 끝나면 선생님을 붙들고 수업내용을 비롯해서 다양한 주제로 이런저런 대화를 나누었다. 선생님이 전해주는 지식을 일방적으로 듣기만 해서는 내가 알고 싶은 지식, 내가 배우고 싶은 세상을 100% 충족할 수 없었기 때문이다.

학교에서 받을 수 있는 최고 점수는 A+(혹은 100점)가 끝이지만, 현실 세계에서의 배움에는 끝이란 존재하지 않는다. 더 알아야 할 것들은 무한히 존재하는데, 목표를 A학점까지로만(더 정확히 표현하면 A학점을 받을 수 있는 지식까지로만) 잡는 것은 어쩐지 좀 안타까운 일이 아닐까? 세상에는 에베레스트도 있고 K2도 있는데, 목표 자체를 동네 앞산으로 잡는 건 어찌 보면 결과의 수준을 낮추는 일인 것 같다.

생각해보자. 에베레스트를 준비하는 사람은 시작부터 마음가짐이나 기울이는 노력의 강도가 다를 것이다. 덕분에 설사 에베레스트를 정복하지 못한다 하더라도 동네 앞산보다는 더 높이 올라갈 수 있는 체력과 정신력을 기를 수 있다. 하지만 앞산만 목표로 잡은 사람은 그 낮은 산을 올라가는 데만도 숨이 차다. 딱 그 목표만큼만 준비하고 노력했으니까 말이다.

마찬가지로 공부도 단지 A를 목표로 하면 딱 A를 받을 만큼만 하게 되는 것 같다. 물론 그만큼 하는 것도 쉬운 일은 아니다. 하지만 거기에 도달하고 나면 목표를 달성한 것이 되니, 그 이상의 것을 배우고자 하는 마음이 생기지 않을 것이다. 알아야 할 이유도 없고 말이다. 그래서 대부분의 학생들은 선생님이 수업시간에 말씀해주지 않는 것은 공부할 필요가 없다고 생각하고, 그 이상을 공부하는 것은 시간낭비라고 여긴다.

하지만 나는 '시험에 절대 나오지 않을 것들'까지 공부하길 좋아한다. 좀 유난스럽지 않느냐고? 인정! 내가 배움에 있어 다른 사람들보다 좀더 욕심이 많은 것은 사실인 것 같다. 시험에 나오지 않는다고 해서 공부하지 않으면, 그것들을 알 기회가 영영 사라질지도 모른다는 생각에 초조할 지경이니까. 그래서 설사 수업시간에 강조되지 않은 내용일지라도 궁금한 부분이 나오면 끝까지 찾아보고, 의문이 해결될 때까지 선생님께 묻고 또 물었다. 무언가를 모르는 채로 넘어가야 한다는 게 공포스러우리만큼 싫었기 때문에, 직접 찾아갈 수 없는 경우에는 이메일이나 전화를 드려서라도 꼭 답을 얻어내곤 했다. 하루에도 수십 번씩 문턱이 닳도록 교무실을 들락거리는 나에게 선생님들이 "교무실에 패트릭 책상을 하나 놔주어야겠다"고 농담을 하실 정도였으니, 어느 정도였는지 짐작이 갈 것

이다.

내가 정해놓은 기준은 언제나 선생님이 학생들에게 바라는 기대치보다 훨씬 높았다. 학습의 목표와 지향점이 공교육 시스템이 원하는 수준보다 높았다는 이야기다. 과제를 할 때도 그 수업에서 원하는 내용보다 더 많은 것을 공부하고 리포트를 작성했다. 당연히 다른 친구들보다 내용도, 분량도 많을 수밖에 없었다. 그래서일까? 나를 잘 모르는 친구들은 '잘난 척 좀 그만하라'는 투로 이렇게 말하곤 했다.

"너, 선생님한테 잘 보이려고 그러는 거지?"

"점수를 얼마나 더 잘 받겠다는 거야?"

그런 이야기를 들을 때면 사실 좀 억울했다. 나는 에베레스트까지는 못 가도 중간에 있는 베이스캠프까지는 가보고 싶을 뿐인데, 그저 하나하나를 알고 배워가는 과정들이 즐거울 뿐인데…. 물론, 한 편으로는 미안하기도 했다. 혼자서 '시키지 않은 공부'까지 하는 나 때문에 본인 스스로는 충분히 열심히 하고 있음에도 비교당하는 친구들이 있었으니까.

몇몇 친구들의 오해는 마음 아팠지만, 그나마 다행이었던 것은 내 진심과 열의를 인정해주는 친구들이 훨씬 많았다는 사실이다. 그들이 게임을 좋아하는 것처럼 내가 공부를 좋아한다는 것을, 좋아하는 대상이 다를 뿐 그 마음이 다르지 않다는 것을 알아줬던 것 같다. 공부를 통해 많은 것을 얻을 때 내가 진심으로 즐거워한다는 사실을 인정해준 것이다.

어쩌면 내 공부방법은 대단히 비효율적이었는지도 모른다. '하지 않아도 될 공부'를 하느라, 언제나 동네에서 내 방의 불이 가장 늦게 꺼졌으니 말이다. 그런 나를 보고 '뭐 하러 그런 것까지 다 공부한다고 저 난리지? 시간만 잡아먹는 데다 몸도 지칠 텐데' 하고 의아해한 사람도 있을 것이다. '그런다고 점수를 더 주는 것도 아니지 않나?'고 반문하는 사람도 있을지 모른다.

모두 맞는 말이다. 평가의 기준보다 더 많은 것을 공부하고 더 깊이 안다고 해서, 점수를 더 높게 받을 수 있는 것은 분명 아니다. 어차피 최고 점수는 정해져 있으니까. 하지만 이렇게 생각해보면 어떨까? 어차피 해야 할 공부, 지금 할 때 조금만 더 시간과 노력을 쏟아 붓는다면 훨씬 깊고 넓은 지식을 얻을 수가 있다. 그런데 잠깐의 노력이 귀찮아 멈추어버리면, 나중에 그 지식이 필요해졌을 때 처음부터 다시 시작해야 할 것이다. '지금', '한 걸음'만 더 가면 될 일을, 나중에 몇 십, 몇 백 걸음을 처음부터 다시 걷게 되는 건 소모적인 일이 아닐까? 그러니까 내가 시험에 나오지 않을 것까지 공부한 것은, 어찌 보면 먼 미래를 위한 투자였던 셈이다.

나는 묻고 싶다. 과연 공부에 '투입 대비 산출' 같은 경제논리가 적용될 수 있을까? 매일 1시간씩만 보면 만점을 받을 수 있다는 참고서 광고처럼, 적은 노력을 투입해서 점수만 잘 받는 것이 과연 최선의 공부법이라고 할 수 있을까? 물론, 그것이 효율적이고 효과적인 공부법이라고 생각하는 사람도 있을 것이다. 그건 그의 생각이니 내 주장이 옳다고 강요할 마음은 없다. 하지만 적어도 내게 있어서 그런 공부는 의미가 없다. 시험이 끝남과 동시에 머릿속에서 사라져버린다면 그런 공부를 대체 왜 해야 하는 걸까?

내가 공부한 방법이 미련했을지는 모르지만, 결과적으로 내겐 큰 도움이 되었다. 하나의 지식을 깊게 파고들었기 때문에, 그것에 대해 정확히 알 수 있었다. 하나의 지식만 아는 데 그치지 않고 주변 지식들까지 섭렵했기 때문에, 지식의 폭이 넓게 확장되었다. 중고등학교까지는 이런 것들이 별다른 차이를 만들어내지 못했지만, 암기가 아닌 사고思考 위주의 수업이 진행되는 대학에 오고 나니 그간의 노력이 빛을 발하는 것 같다.

그리하여 조금은 자신을 갖고, 내가 행했던 공부법들을 지금부터 하나씩 소개하려고 한다. 누구에게나 적용되는 방법이라고 단언할 수는 없지만, 누군가에게 미력하나마 도움이 되지 않을까 하는 작은 기대를 품어본다.

100번의 복습보다
1번의 예습!

"따르릉, 따르릉~"

중고등학교 시절, 나의 아침은 새벽 5시에 정확히 울리는 자명종 소리와 함께 시작되었다. 다들 알겠지만 곤한 잠에 빠져 있을 때, 귓속을 파고드는 자명종 소리는 단순한 '불청객'을 넘어 무찔러야 할 '적'에 가깝다. 자명종을 힘껏 던져 '사망'시키고, 달콤한 잠을 좀더 만끽하고 싶은 마음은 굴뚝같았지만 언제나 승리의 여신은 자명종의 손을 들어주었다.

간신히 일어나 졸린 눈을 비비면서 내가 향한 곳은 화장실도, 부엌도 아닌 책상. 학창시절 내내 나는 주로 아침시간을 활용해서 예습을 했다. 학교에 가기 전 1시간 동안 그날 배울 것을 한 번 훑어보는 정도였지만, 같은 시간과 노력을 투자했을 때 얻을 수 있는 효과는 장담컨대 200% 이상이었다.

물론 '의지'가 많이 필요하다. 일찍 일어나겠다는 의지, 밀려오는 잠의 유혹을 무찌르겠다는 의지가 있어야 한다. "매일 밤늦게까지 공부하다가 잠들어서, 아침에 간신히 일어나 밥도 못 먹고 뛰어가야 겨우 지각을 면하는 마당에 '학교 가기 전 1시간 예습'이라니, 이건 해도 너무한 것 아니야?" 하고 툴툴거리는 사람이 있을지도 모르겠다. 사실 내 주변의 많은 친구들도 그런 반응을 보인다.

그렇다면 나는 어땠을까? 아침에 일어나는 일이 가뿐하기만 했을까? 전날 저녁 6시부터 잠자리에 들었기 때문에 새벽 5시에 벌떡 일어날 수 있었을까? 대답은 '아니올시다'이다. 나 역시 대부분의 수험생이 그렇듯 새벽 2~3시가 넘어 잠드는 날이 대부분이었다. 그렇지만 '기를 쓰고' 5시에 일어나서 반드시 1시간 예습을 한 후에 집을 나섰다. 괴롭지 않았느냐고? 당연히 괴로웠다. 괴로운 게 정상이지 않은가? 매일 새벽 "오늘은 도저히 침대 밖으로 한 발짝도 나갈 수가 없어!"라는 비명과 "으으윽~"이라는 신음을 동반한 채 일어나기 일쑤였다. 자명종 소리에도 일어나지 못하는 나를 깨우러 온 어머니와 다툰 적도 한두 번이 아니었다.

그런데 왜 그렇게 기를 쓰고 예습을 했냐 하면, 그 모든 고통을 '보상'해주는 예습의 효과 때문이다.

새롭고 낯선 것, 정체가 파악되지 않은 것은 우리를 두렵고 긴장케 하기 마련이다. 이건 모든 사람의 본능적인 반응이다. 한 번도 가본 적 없는 곳, 한 번도 만난 적 없는 사람은 늘 우리를 긴장케 하지 않는가? 공부 역시 마찬가지다. 한 번도 배우지 않은, 전혀 알고 있지 않은 무언가를 접하는 것은 당연히 두렵고 떨리는 일이다. 그런데 예습을 하면 새로운 것에 대한 두려움이 사라진다. 내 생각에는 그런 두려움만 없어져도, 모르는 것을 아는 것으로 만들 때 만나는 진입 장벽이 확실히 낮아지는 것 같다.

생전 듣도 보도 못한 새로운 지식을 선생님을 통해 처음 접하는 것과 그 전에 한 번이라도 들춰보고 다시 접하는 것은 이해나 암기 측면에 있어서 굉장한 차이가 있다. 더욱이 예습을 하다 보면 내가 무엇을 알고 무엇을 모르는지 파악할 수 있기 때문에, 수업시간에 집중해서 공부할 부분이 명확해진다.

그런 의미에서 예습은 가장 적극적인 형태의 공부라고 할 수 있다. 그 누가 알려주기도 전에 스스로 내가 모르는 것, 알아야 할 것을 찾아내는 과정이니 말이다. 예습을 통해 우리는 공부의 주체이자 주인이 될 수 있다. 단순히 누군가에게 지식을 전수받는 것이 아니라 내가 전수받을 지식을 스스로 찾아내는 것이다. 이로써 공부에 대한 책임감이나 흥미도 더욱 높아진다고 생각한다.

자신감 역시 예습이 가져다주는 효과 중 하나다. 당연한 사실이지만 우리는 알기 위해 공부하는 것이고 모르는 것은 잘못이 아니다. 오히려 모르는 것이 당연한 일 아닌가? 아직 배우지 않았으니 말이다. 하지만 수업시간에 선생님이 질문했을 때 답변을 못 하거나 책에 나온 내용이 생소할 경우, 왠지 주눅이 들기 마련이다. 그래서 예습이 필요한 것이다. 예습을 통해 내용을 조금이라도 숙지하고 가면, 선생님이 내게 질문하지 않을까 눈길을 피하는 일도, 내용이 이해되지 않아 머리를 싸매는 일도 사라진다. 당연히 수업에 더 적극적이고 열정적으로 참여하게 되고, 그렇게 참여한 만큼 더 많은 것을 익히고 배울 수 있다.

실제로 예습을 시작한 이후부터 나는 수업시간에 손을 더 자주 들고, 더 열심히 발표하는 학생이 되었다. 그런데 이것이 묘한 중독성이 있는 게, 한번 수업에 주도적으로 참여하면서 느낀 성취감과 쾌감에 계속해서 예습을 하게 되는 것이었다. 그것이 내가 '예습지상주의자'가 된 이유랄까?

사실, 예습이라고 해서 거창한 준비를 했던 것은 아니다. 나의 예습을 활용한 공부방법은 의외로 간단했다.

첫째, 그날 학교에서 배울 수업의 교과서를 미리 읽는다.

둘째, 읽다가 이해가 되지 않거나 잘 모르는 내용은 노트에 따로 기록한다.

셋째, 수업시간에 미리 기록한 내용들을 점검하면서 듣고, 만약 선생님 설명으로 의문이 해결되지 않으면 따로 질문한다.

넷째, 수업이 끝난 후 미리 기록해둔 질문에 대한 답을 선생님의 답변과 수업에서 들은 내용을 토대로 정리한다.

특별할 것 없어 보이는 방법이었지만, 이것으로 나만의 교과서가 탄생한 것이다. 교과서에 나오지 않는 내용, 내게 부족한 지식을 정리한 오직 나만을 위한 교과서. 나는 시험기간이라고 특별히 밤을 샌다거나 벼락치기를 하진 않았는데, 시험 전에 반드시 이 노트를 펼쳐보면서 점검했던 것이 큰 도움이 되었다.

공부뿐만 아니라 무슨 일이든 새로 시작하기 전에 어느 정도 정보를 파악해두면, 보다 수월하게 적응할 수 있다고 생각한다. 나는 지금도 새로운 일을 앞두면 미리 준비하는 데 신경을 많이 쓰는 스타일이다. 가령 중학교 졸업식 때는 졸업 리셉션이 열리는 자리에서 일일이 선생님들을 찾아다니며 고등학교 생활에 대해 여쭤보았다. 고등학교는 중학교와 어떤 점이 다른지, 공부할 때 유의할 점은 무엇인지에 관해 수첩을 들고 다니면서 자세하게 탐문수사(?)를 하고 다녔던 것이다.

극성스럽다고 할지 몰라도 거기에는 그럴 만한 이유가 있었다.

우리 부모님은 미국에서 학교를 다니지 않으셨기 때문에 미국 아이들의 고등학교 생활에 대해 잘 모르셨고, 내가 얻고 싶은 것에 대해 가장 정확하고 올바른 정보를 줄 수 있는 분들은 선생님이었다. 게다가 졸업 리셉션은 짧은 시간 안에 가장 많은 선생님들과 이야기를 나눌 수 있는 최고의 기회가 아닌가. 그것 역시 고등학교 생활에 대한 일종의 예습이었던 셈이다. 그 예습이 실제로 고등학교에 입학했을 때 큰 도움이 되었던 것은 두말할 필요도 없고 말이다.

가만히 보면 주위에 공부를 잘하는 아이들은 그럴 만한 이유가 있다. 그만큼의 노력을 기울이기 때문이다. 우리 반 1등은 매일 수업 시간에 딴짓하고, 방과 후에는 친구들과 놀러다닌다고? 하지만 그 친구가 집에 돌아간 후에는 어떻게 보내는지 모르지 않는가? 드러내 놓고 열심히 하든 안 하는 척하면서 열심히 하든, 좌우간 다들 좋은 성적을 받을 수밖에 없는 노력을 기울이고 있을 것이다. 사실 초등학교 이후부터는 우연히 만점을 받거나 아무렇게나 시험을 쳤는데 1등을 할 수는 없다. 그럭저럭 대충 공부해서 수석을 하는 일도 거의 일어나지 않는다고 보면 된다. 즉 노력하지 않고서 공부를 잘하기란 그야말로 '미션 임파서블Mission Impossible'이라고 할 수 있다.

학년이 올라갈수록 자신의 노력과 결과가 정비례로 드러나는 게 공부라고 생각한다. 속임수나 거짓말은 물론이고 우연이나 운명도 통하지 않는다. '예습'이라는 나의 공부방법이 너무 뻔하다고,

혹은 별것 아니라고 생각하는 사람이 있을지도 모르지만, 결국 공부에 있어서 착실한 노력과 준비만큼 확실한 해답은 없다는 것이 내 생각이다.

외우지 않아도 저절로 외워진다? 연관사고법

누구나 한 번쯤은 '이런 걸 도대체 어디다 써먹지?' 혹은 '이런 걸 왜 배우는 거야?'라는 생각을 해본 적이 있을 것이다. 몇몇 과목의 경우, 지금 배우고 있는 내용이 도무지 쓸모가 없을 것 같아 보일 때도 있고, 배우는 목적이나 의미를 몰라 허무함이 몰려올 때도 있을 것이다.

하지만 그런 회의와 의구심이 생기는 이유는, 특정한 과목 하나만 똑 떼어놓고 생각하기 때문인 것 같다. 중고등학교에서 배우는 교과과정은 이 세상을 구성하는 모든 요소들을 몇 가지 과목으로 구분해 개괄적으로 다룬다. 핵심과목이자 주요과목은 모국어,

수학, 과학, 사회이며, 학년이 올라갈수록 과목들은 좀더 세분화된다. 과학이 물리, 화학, 지구과학, 생물로 나뉘고 사회도 지리, 역사, 경제 등으로 나뉜다. 각 과목은 따로 떨어진 것이 아니라 한줄기에서 뻗어 나온 형제관계인 셈이다.

이러한 전체구조를 인식하면 그 무엇도 필요 없는 과목은 없다는 사실을 알게 된다. 모두가 하나의 뿌리에서 출발한 과목들이니, 어느 하나를 빼놓고는 완전한 공부가 불가능한 것이다. 이처럼 구조 간의 연관관계를 통해 전체를 이해하는 방식을 '연관사고법'이라고 하는데, 학교에서 배운 모든 과목을 연관사고법으로 정리하다 보면 아주 새롭고 놀라운 것들을 많이 발견할 수 있다.

고등학교 때 '휴먼 지오그래피Human Geography'라는 수업시간에 한 장의 사진을 놓고 열띤 토론이 벌어졌다. 빨간 티셔츠를 입은 한국 사람들이 거리를 가득 메운 장면을 담은 사진이었다. 당시 우리는 2002년 한일 월드컵 이후에 나온 교과서를 가지고 수업을 했는데, 교과서에 한국의 거리응원 사진이 수록되어 있었던 것이다.

사실 미국인들은 풋볼Football은 좋아하지만 축구Soccer에는 별로 관심이 없다. 그리고 그들에게는 '거리응원'이라는 것 자체가 상당히 낯설고 신기한 현상이다. 누가 시킨 것도 아닌데 온 국민이 똑같은 티셔츠를 입고 거리로 뛰쳐나와 함께 노래를 부르고 박수를 치다니….

거리를 점령하고 요란하게 자동차 경적을 울리는 행위 또한 상상조차 할 수 없다. 금세 경찰이 달려와 딱지를 끊고 벌금을 물릴 테니까 말이다.

여하간 이 사진을 놓고 선생님은 먼저 영국에서 시작된 축구가 어떻게 세계적인 스포츠가 되었는지를 설명하시면서 '세계화'에 관해 이야기해주셨다. 뒤이어 미국과 한국의 문화적 차이에 대해 알려주신 후 '그렇다면 과연 문화적 차이는 어디에서 오는 것일까?'라는 질문을 던지셨다. 거기서부터 열띤 토론이 시작되었고, 그렇게 우리는 한 장의 사진을 가지고 수업시간 내내 수많은 이야기들을 나누었다. 이것이 바로 연관사고, 혹은 유기적으로 사고하기 위한 발상의 기초다. 하나의 소재 혹은 주제를 두고, 그것과 연관된 다양한 정보들을 함께 생각하면서 전체 구조를 그려내는 것이 바로 연관사고인 것이다.

한 가지 예를 더 들어보자. '인터릴레이티드 아츠Interrelated Arts'라는 수업이 있었는데, 이 시간에는 두 분의 선생님이 들어오셨다. 한 분은 영어 선생님, 다른 한 분은 미술 선생님이었는데, 수업은 대체로 다음과 같이 진행되었다.

먼저 미술 선생님이 슬라이드로 피카소의 그림을 보여주신다. 슬라이드를 다 보고 나면 영어 선생님이 피카소가 그림을 그렸던 시대에 어떤 문학이 나왔고, 또 무엇이 유행했는지를 설명해주신다. 즉 피카소의 그림이 영문학에 어떤 영향을 끼쳤는지, 반대로 피카소의 그림에 영향을 끼친 문학작품에는 무엇이 있는지가 그 수업의 주제가 되는 것이다. 이렇게 서로 다른 학문을 연결시켜 공부하는 것, 이것이 연관학습의 기본이다.

나는 연관학습을 굉장히 적극적으로 활용한 편이었다. 내 공부는 일종의 리서치Research이자 연구작업에 가까웠다. 꼬리에 꼬리를 물어가며 정보를 찾고, 그 정보들을 서로 연결시키는 작업이었으니 말이다. 그냥 얌전히 교과서를 한 페이지 한 페이지 따라가면서 공부하는 것은 내 스타일이 아니었다.

정보 간의 공통점이나 차이점을 바탕으로 정보들을 묶었다 풀었다 하다 보면 어느새 그정보들은 고스란히 내 것이 되었다. 특히 영어와 사회, 과학과 지리, 미술과 문학 등 서로 다른 여러 과목들 사이에서 연결고리를 찾는 것이 재미있었다. 숨은그림찾기를 하듯이 그런 연결고리를 발견해가다 보면 공부의 '전체 구조'가 머릿속에 쏙 들어온다. 이것은 일종의 '마인드맵Mind Map' 기법으로 머릿속에 지도를 그리듯이 줄거리를 이해하며 정리하는 공부법이다.

마찬가지로 한 과목 안에서도 연관사고법으로 생각을 발전시켜나가면, 각각의 단원이 따로따로 떨어져 보이는 것이 아니라 한 그루의 나무처럼 보인다. 예를 들어 생물과목에서 동물과 식물과 미생물이 모두 연결되고, 동물이라는 단원 안에서도 소화, 호흡, 순환, 배설 등이 모두 한 그루의 나무로 연결되는 것이다. 이렇게 각각의 지식을 낱개가 아닌 하나의 전체로 이해하면, 굳이 암기하려고 노력하지 않아도 자연스럽게 외워진다.

나는 수업시간에 필기를 하다가 한쪽 옆에 빈 공간을 따로 놔두고 작은 글씨로 기록을 했는데, 거기에 적히는 내용은 다른 과목, 다른 단원과의 연관관계였다. 이를 테면 과학 노트에 '이건 사회 ㅇㅇ단원 , 수학 ㅇㅇ단원에서 언급되었음' 같은 메모들을 해놓는 것이다. 나는 그렇게 단원과 단원, 과목과 과목 간의 커넥션Connection 혹은 연결고리를 추적하고 만들어나가는 것이 정말 흥미로웠다.

그래서 학교의 수업시간은 과목별로 구별되어 있지만(1교시 수학, 2교시 영어… 이런 식으로), 나는 혼자 공부할 때 여러 과목의 책들을 모두 펼쳐놓고 했다. 수학공부가 끝나면 사회공부를 하는 식이 아니라 수학공부를 하면서 계속 사회과목과 어떤 연결점을 찾을 수 있을지를 고민하며 생각의 꼬리를 이어갔다. 그런 작업을 하다 보면 단순히 수업시간에 배운 것을 외우는 수준을 넘어서 훨씬 더 깊고 넓은 범위까지 생각할 수 있다. 더 먼 곳까지 더 다양하게 사고할 수 있는 것이다.

나의 연관사고는 때와 장소를 가리지 않고 이루어졌는데, 예를 들면 스타벅스에서 커피를 마시면서도 생각의 스펙트럼을 넓혀가곤 했다. 바로 이런 식이다.

배링턴에 있는 스타벅스와 런던에 있는 스타벅스, 홍대 앞에 있는 스타벅스는 모두 똑같은 레시피로 제조된 커피를 팔고, 가게 인테리어에도 큰 차이가 없다. 굳이 다른 점을 찾자면 배링턴의 스타벅스에는 노란 머리가 많고, 홍대 앞 스타벅스에는 까만 머리가 많다는 정도랄까? 어쨌든 미국에서 마시는 커피와 한국에서 마시는 커피가 똑같다는 사실은, 문화적인 부분 역시 어느 정도 커넥션이 이루어졌음을 보여주는 하나의 사례라고 생각한다. 이렇게 문득 떠오른 생각들을 정리하며 '세계화'에 대한 생각을 발전시켜가는 것이다.

이처럼 연관사고는 일종의 프로그레스Progress, 즉 진보의 과정이다. 개별적인 정보들을 합종연횡으로 분류하고 묶어서 나만의 지식으로 만들어내는 것이니까 말이다. 그리고 언젠가는 그런 지식들이 경험과 만나 좀더 숙성하면서 지혜로 '진화'할 것이다.

특히 진화에 꼭 필요한 것은 '사람들과 관계 맺기'라고 생각한다. 정보라든가 지식은 모두 사람에게서 나오고, 그것이 지향하는 바도 결국 사람이기 때문이다.

쉬운 예로 역사와 수학에서 연결점을 찾았다면, 나는 수업이 끝난 뒤에 그걸 선생님께 여쭈어본다. 내가 알게 된 것에 대해 누군가와 소통하다 보면 거기에 무언가 다른 지식이 플러스되고, 지식은 새로운 모양으로 진화한다. 실제로 선생님들과의 대화를 통해서 그런 경험을 많이 했는데, 그때마다 내가 가진 지식이나 지혜의 총량이 더 많아지는 것 같아서 기분이 좋아지곤 했다.

학교에서 배우는 각각의 과목들은 개별적으로 존재하는 것이 아니다. 우리가 사는 세계에서는 영어와 수학, 역사가 따로따로 존재하지 않으며, 이 세상의 모든 현상은 서로 영향을 주고받으면서 발생한다. 그렇기에 각각의 과목들을 따로 떼어놓고 세계를 이해하려는 것은 바퀴 하나만 보고 자동차 전체를 이해하려는 것과 다름없다.

이와 같은 지식의 연관성이나 지식과 지식 사이의 통로를 모른다면, 학교에서 배운 것과 현실은 별개라고 생각할 수도 있다. 그런 상태로 진짜 세상에 나간다면 이론과 현실의 괴리 사이에서 방황할지도 모른다. '공부'를 삶에 대입해서 좀더 의미 있는 행위로 만들어주는 것, 이것이 연관사고법이 필요한 이유다.

나의 비밀 병기,
색깔 볼펜과
포스트잇

간혹 사람들이 내게 공부비결을 가르쳐달라고 물어오면, "색깔 볼펜과 포스트잇입니다"라고 싱겁게 대답한다. 농담하지 말라고 핀잔을 주는 사람들도 있지만, 사실인 걸 어쩌란 말인지! 내 공부는 기록에서 시작해서 기록으로 끝난다고 표현할 정도로, 나는 엄청난 메모 광이다. 메모를 하기 위해 책과 노트를 비롯해서 이것저것 들고 다니는 게 많아서 친구들이 "패트릭이 다른 애들 책까지 다 들고 다니는 것 같아"라고 농담할 정도였다. 친구들은 대부분 학교 사물함에 교과서를 두고 다녀서 가방도 잘 안 들고 다녔는데, 나는 책과 노트, 메모지가 가득한 가방을 무겁게 메고 다녔으니 그런 농담이

나올 만도 했다.

게다가 나는 교과서도 늘 두 권씩 갖고 다녔다. 한국과 다르게 미국 학교는 학생들에게 교과서를 빌려준다. 학생들이 교과서를 구입하는 것이 아니라 학교로부터 대여하는 시스템이기 때문에, 학년을 마치면 모든 교과서를 깨끗한 상태로 반납해야만 한다. 그런데 늘 뭔가를 기록하고 끼적이는 버릇이 있는 나로서는 도무지 깨끗한 상태로 반납할 방법이 없었다. 결국 마음껏 메모하고 싶은 마음에 한 권을 더 살 수밖에 없었고, 그래서 내 교과서는 두 권씩이었다.

내가 이렇게 기록에 집착하는 데는 이유가 있다. 나는 동시에 여러 가지를 생각하는 편이다. 어찌 보면 산만하다고도 할 수 있겠다. 머릿속이 항상 여러 가지 생각으로 뒤엉켜 뒤죽박죽이기 때문에 뭔가가 떠오르면 즉시 기록해놓아야, 하나도 놓치지 않고 기억할 수 있다. 그리고 그 아이디어들을 정리하고 체계화시키는 데서부터 내 공부는 시작된다.

정리라고 해봐야 그저 연관성 있는 것들을 모으거나 순서대로 나열하고 연결하는 정도라서 별로 특별한 방식은 아닐지도 모른다. 하지만 그냥 두었으면 이내 사라져버렸을 생각들을 기록하고 정리함으로써, 그 생각은 나의 지식으로 남게 된다. 그래서 나는 TV를 시청할 때나 식사할 때도 무언가가 생각나면 바로바로 기록한다.

언제나 내손이 닿는 자리에는 포스트잇과 여러 가지 색깔의 볼펜, 샤프펜슬, 스케치북처럼 생긴 두꺼운 스프링 노트가 놓여 있고 TV 옆, 식탁, 2층으로 올라가는 계단, 화장실 등, 내가 지나다니는 모든 곳에는 포스트잇 메모지가 붙어 있다.

이처럼 책과 노트뿐만 아니라 생활공간 곳곳에 메모를 붙여놓는 것은 '배운 것을 실제 생활과 연결시키기' 위해서이기도 하다. 그리고 이 것은나의 공부에 있어 중요한 핵심 중 하나다. 대부분의 학생은 수업이 끝나면 곧바로 교과서를 덮고 일상의 세계로 돌아간다. 예를 들어 말하자면 스페인어 수업이 끝나는 순간, 스페인어의 세계도 끝이 나는 것이다. 하지만 나는 수업이 끝난 후에도 스페인어로 대화를 나눠보려고 시도한다. 배운 걸 써먹고 싶기 때문이다. 만약 그럴 때 친구가 옆에서 수학공식에 대해 물어온다면, 나는 스페인어로 수학공식을 설명해준다. 그렇게 스페인어의 세계를 계속 유지하는 것이다.

눈길이 닿는 모든 곳에 메모를 붙여놓는 이유도 바로 여기에 있다. 눈에 띄면 생각하게 되고, 생각하면 써보게 된다. 일상의 공간에서 마주친 지식은 책이나 노트에서 볼 때와는 전혀 다른 느낌이 들고 기억에 훨씬 오래 남는다. 포스트잇에 적혀 있는 아이디어들을 일상생활과 연결시키기 위해 요리조리 바꾸고 뒤집고 다시 생각하다 보면 더더욱 강렬하게 각인되는 효과도 있다. 나는 식탁 앞

내 방 벽에 붙여놓은 각종 메모들. 눈길이 닿는 모든 곳에 메모를 붙여놓는 이유는 끊임없이 생각하고 공부하기 위해서다.

에 붙여둔 스페인어 단어를 보고, 그 단어를 집어넣은 스페인어 문장을 만들어 엄마나 누나에게 자랑스럽게(?) 말해보곤 했다. 별것 아니었을지 모르지만, 그렇게 생활에 계속 공부를 끌어들였던 것이 내가 공부를 자연스러운 생활의 일부로 받아들이는 데 도움이 된 것은 분명하다.

머릿속에 떠오른 모든 것을 기록해두어야만 직성이 풀리는 나의 '메모벽'은 테니스를 칠 때도 유감없이 발휘되었다. 꼼꼼하게 기록한 경기일지가 테니스 시합 때마다 빛을 발한 것이다.

경기일지는 열 살 때부터 쓰기 시작한 것인데, 시합이 끝나면 곧장 수첩을 펴고 메모부터 하는 것이 습관이 되었다. 상대 선수의 이름을 적고 언제 어디서 시합을 했는지, 결과는 어떻게 되었고, 점수는 어땠는지 등을 최대한 자세히 적었다. 경기를 하면서 느낀 상대방의 약점과 강점, 상대가 특히 잘하는 것은 무엇이고 어떻게 게임을 풀어갔으며 어떻게 이겼는지(혹은 졌는지) 등도 상세히 기록했다. 당시 친구들은 다들 한두 번 쓰다 말았는데, 나는 메모하고 기록하는 것을 워낙 좋아하는 덕에 한 경기도 빼먹지 않고 꾸준히 일지에 남길 수 있었다.

그러던 어느 날이었다. 결승까지 착착 올라가서 보니, 마지막 결승전 상대 선수가 예전에 시합을 해본 적이 있는 친구였다. 즉시 경기 일지를 꺼내어 오래전에 그 친구에 대해 기록해둔 것을 빠르게 훑어 보았다. 결과는? 그날 게임의 우승자는 바로 나였다.

여기서 짚고 넘어가고 싶은 것이 있다. 내가 하고픈 이야기는 과거에 시합했던 사람을 다시 만나게 되어서, 그를 이기는 데 도움이 되었으니까 기록이 의미 있었다는 얘기가 아니다. 그런 일이야 정말 어쩌다 우연히 벌어진 일이고, 운이 좋았던 것뿐이다.

경기일지가 중요한 진짜 이유는 따로 있다. 상대방에 대해 기록을 하다 보면, 그에 대해 좀더 자세히 관찰하게 된다. 라켓을 휘두르는 자세와 공을 받아넘기는 파워 같은 외적인 부분뿐만 아니라 그의 정신력에 관해서도 예리하게 분석할 수 있다. 포인트를 얻을 때의 반응, 잃을 때의 반응, 게임에 임하는 자세는 사람마다 각양각색. 산만하지만 순간적인 판단력이 좋은 사람도 있고, 안정되어 있지만 틀에 박힌 게임밖에 못하는 사람도 있었다. 그런 식으로 사람들의 다양한 면을 탐구하고 일지에 기록하면서, 내가 어떻게 테니스를 치면 좋을까에 대한 학습도 동시에 이루어졌던 것이다.

공부할 때도 마찬가지다. 수시로 기록하고 정리하는 습관이 몸에 붙으면 수업에 집중하게 되는 것은 물론, 세상을 더 열심히 관찰하게 된다. 게다가 그냥 보고 지나치는 게 아니라 내 손으로 한번 써보면 훨씬 오래 기억에 남는 효과도 있다.

나의 경우 공부할 때뿐만 아니라 사람을 만날 때도 연락을 위한 이메일 주소는 기본이고, 그가 좋아하는 색깔이나 음식 같은 사소한 사항들까지 알게 된 것은 모조리 메모해둔다. 그러다 보니 이런저런 포스트잇 메모가 엄청나게 많아졌는데, 여기저기에 어찌나 많이 붙여 놓았는지 더 이상 붙일 자리가 없어 떼어낸 옛날 메모들이 쇼핑백으로 또 몇 봉지다. 아직도 그 메모들을 다 보관하고 있는데, 거기 있는 것들을 보면 'ㅇㅇㅇ 책을 사라', 'ㅇㅇ과목의 ㅇㅇ쪽은 ㅇㅇㅇ와 연결되어 있다'와 같은 짧고 단순한 메시지들도 있다. 그것들을 다시 보고 있으면 그 메모지들 덕분에 공부도 더 재미있었고 여러 가지 과외활동들도 더 수월하게 해낼 수 있지 않았나 하는 생각에 감사한 마음이 든다.

노트 필기의 핵심은 최대한 지저분하게?

메모의 확장판이라고 할 수 있는 '노트'에 대해서 좀더 자세히 얘기해볼까 한다. 앞에서도 얘기했듯이 나는 샤프펜슬과 색깔 볼펜, 포스트잇 없이는 책을 읽지 못한다. 책 읽는 도중에 무언가 떠오르는 것이 있으면 그 즉시 페이지의 여백에 메모하고, 가능한 한 완전한 주석을 달아놓는다. 그래야 오랜 시간이 지난 후에도 그 아이디어에 관해 온전히 기억할 수 있기 때문이다. 이처럼 생각이 그냥 머릿속에 잠시 머물다 휘발되어버리지 않도록 꽉 붙잡는 '쓰기'의 과정에서, 또 다른 아이디어가 샘솟기도 한다.

이렇듯 쓰기에 집착하다 보니, 중고등학교 시절 학교수업의 핵심 역시 필기였다. 그런데 내가 기록하는 스타일은 다른 사람들과 좀 다르다. 친구들을 보면 깨끗하고 반듯한 글씨로, 선생님이 말씀해주신 내용을 최대한 요약해서 쓰는 것이 대부분이었다. 그에 비해 나는 선생님이 말씀하시는 걸 그냥 수동적으로 받아 적는 데 그치지 않고 내 생각도 함께 적었다. 어떤 경우에는 선생님 말씀보다 내 생각을 써놓은 부분이 훨씬 많을 때도 있었다.

게다가 필기는 왜 이렇게 지저분하게 하는지, 위에서부터 아래로 혹은 왼쪽에서 오른쪽으로와 같이 순서대로 쓰는 법이 없다. 필기를 하다가 어떤 아이디어가 생각나면, 내용과 상관이 없더라도 일단 옆이나 위, 아래에 적어둔다. 그렇게 생각나는 대로 적어두다 보면 몇 분쯤 지나서 '어, 이게 이거랑 연결되네' 하고 메모해놓은 내용끼리 화살표로 쭉 이어붙일 수도 있다. 이때 화살표를 그려서 이어주는 작업이 포인트다. 생각의 이동, 생각과 생각 간의 연결고리를 보여주니까 말이다.

물론 그렇게 정신없이 써내려가다 보면 문제가 생길 때도 있었다. 시간이 흐르고 나서 다시 보면 무엇이 무엇인지 아무리 기억을 더듬어도 전혀 해독이 안 되는 것이다. 그래서 매주 한 번씩, 주로 주말에 그 메모들을 총정리했다. 메모한 것들을 전부 펼쳐놓고 다시 한 번 생각을 정리한 것이다. 그것이 나에게는 중요한 복습이 되었다.

그렇게 일주일 동안 배운 걸 복습하고 메모한 걸 한 번 더 훑어보면, 한 단원이 끝나거나 쪽지시험을 볼 때, 혹은 더 큰 시험을 앞두고 공부할 때 큰 도움이 되었다. 솔직히 주말마다 빼먹지 않고 정리한다는 게 쉬운 일은 아니었다. 하지만 나의 경우 '이게 나한테 중요하다'는 결정을 내렸다면 '토요일에 영화 보러 가기 전에 1시간 동안 메모를 정리하고 복습하자'라고 계획을 세워둔다. 이것은 내게 있어 '꼭 해야 한다have to'는 아니지만, 하면 도움이 되니까 '가급적 하자should' 정도의 강도인데, 대부분은 반드시 지키는 편이었다. 지금 해두지 않으면 나중에 엄청 고생할 수 있다는 사실을 잘 알고 있으니까 말이다.

예일대에 와서 1학년 때 들은 강의 중에 '예술'이라는 과목이 있었는데, 이 수업에서 어떤 식으로 정보를 기록하는 게 좋은지 배울 수 있었다. 메모에 이미지를 활용하거나 디자인을 넣는 것이 시간낭비라고 생각하는 사람도 있는데, 이미지 등을 활용해서 더 흥미로워 보이게 만들면 기억도 잘 되고 다음에 또 보고 싶어진다고 한다. 쉽게 말해 동그라미나 별표를 그리고 화살표를 넣는 게 기억하는 데 큰 도움이 된다는 이야기다. 나 역시 지금까지도 필기를 할 때 그냥 단어만 적어두는 게 아니라 여러 색깔 펜으로 그림도 그린다. 이것은 일종의 탐험계획을 세우는 일이자 보물지도를 그리는 과정이다. 이렇게 나만의 방식으로 메모를 하면 더 쉽게 기억할 수

있을 뿐만 아니라 새롭고 유니크한 나만의 정보를 만들어낼 수 있다.

이렇듯 내겐 소중한 보물지도인 노트이지만, 다른 친구들에게는 영 무용지물인 모양이다. 중고등학교 시절 수업을 못 들었다거나 필기를 못한 친구들이 가끔 내 노트를 빌려갈 때가 있었는데, 대부분 잘 알아보지 못했다. 노트만 보면 도저히 이해가 안 된다고 나한테 다시 내용을 묻는 경우가 태반이었다.

하지만 나 역시 친구들의 노트를 보면 내용이 잘 이해되지 않았다. 아파서 혹은 테니스 시합 때문에 수업에 빠졌을 때 친구들의 노트를 빌리는 경우가 있었는데, 제일 중요한 정보만 간략히 적어놓은 노트를 보면 그것만으로는 충분치 않다는 느낌이 들어서 결국 선생님을 찾아가 궁금한 것을 다시 질문하고 설명을 들었다. 비록 알아보기 힘든 필체로 갈겨쓰기는 했지만, 자기 생각까지 확장시켜 최대한 구체적으로 메모하는 내 노트가 나는 더 좋은 것이다.

그러다 보니 노트도 엄청나게 많이 썼다. 한 과목당 한 달에 1권 정도를 썼으니, 네 달가량 되는 한 학기가 끝나면 한 과목당 4권의 노트가 나왔다. 한 학기에 8과목을 들었으니 총 32권의 노트를 쓴 것이다. 나는 늘 교과서와 함께 그 노트들을 모두 들고 다녔고(지금도 그때 썼던 노트들을 다 보관하고 있다), 학기가 끝날 때쯤 되면 내 노트들은 교과서보다 충실한 학습서가 되어 있었다. 교과서 한 권의

그간 사용한 노트들. 나의 소중한 공부 일기장이라고 할 수 있다.

내용과 선생님이 수업시간에 해주신 설명들, 그리고 내 생각들까지 4권의 노트에 고스란히 정리해두었으니까 말이다. 한마디로 그 노트들은 나만의 비밀을 간직한 소중한 공부 일기장이 되었던 셈이다.

나의 노트정리법에 날개를 달아준 것은 디베이트 대회였다. 토론팀 활동은 고등학교 때부터 시작했는데, 그때 노트정리에 관한 나만의 방법을 좀더 연구하고, 노트하는 데 더 많은 노력을 기울이기 시작했다. 수업시간에 필기하는 것과 떠오르는 아이디어를 그냥 적어 두는 수준에서 끝났다면 나의 노트정리법도 평범한 수준에 머물렀을지도 모른다. 하지만 디베이트 대회에 나갈 때는 짧은 시간 내에 빠짐없이 기록을 잘하는 것이 굉장히 중요했다. 찬반논쟁을 하면서 상대방의 주장과 우리 쪽의 반박을 하나도 놓치지 말고 적어두어야 하기 때문이다.

토론을 할 때는 일단 빈 종이 왼쪽에 우리 쪽 논거를 적는다. 늘 칸이 모자라기 때문에 주로 속기를 하고 대부분 약어를 사용한다. 그리고 오른쪽에는 상대방이 제시하는 논거를 적는다. 상대방이 말하는 동안 적어야 하기 때문에 집중력과 스피드가 모두 중요하다. 이때 내가 반박하거나 답변할 것은 다른 색깔 펜으로 써둔다. 상대방이 이야기하는 것을 하나도 놓치지 않으려면 바짝 긴장한 채로 펜 색깔을 재빨리 바꿔가며 써야 한다.

상대방의 발언이 끝나면 30초에서 1분 정도 정리할 시간이 주어진다. 이 시간 동안 우리 쪽 주장과 상대방에 대한 반박을 빠짐없이 적어둔 노트를 보고 발언을 준비한다. 내가 발언할 차례가 되면 우리 쪽 주장에 대한 근거를 논리적으로 제시하고, 상대방의 주장에 조목조목 반박을 하는 식이다. '방금 상대방이 이렇게 말했는데 그건 사실이 아니고 내 생각에는 이러이러합니다'라고 기승전결을 갖추어 논리적으로 탄탄하게 말하려면, 기록은 필수적. 예를 들어, 상대방이 대답하지 못한 것은 '대답하지 않았음'의 뜻으로 밑줄을 그어 표시해 놓는다. 그리고 내가 말을 할 때에 상대방이 내 의견에 답을 하지 않았으니, 상대방의 논거에 허점이 있는 것이다'라고 결론을 유도한다. 기록을 잘해두어야만 그러한 틈새를 놓치지 않고 공격할 수 있고, 상대방의 공격에도 당황하지 않고 방어할 수 있다.

내가 답변을 할 때는 상대방도 나처럼 기록을 한다. 그리고 토론을 끝내야 할 시간이 되면, 마지막으로 우리 쪽에 투표해달라는 '최후변론'을 해야 하는데, 그때 역시 토론 중에 나온 모든 내용을 간결하게 정리해서 핵심만 간단히 말하면 된다.

이렇게 토론대회에서 순발력 있게 기록하는 것을 연습하면서, 자연스럽게 수업시간에도 그 방법을 똑같이 적용시키게 되었다. 선생님의 설명을 상대 팀 토론자가 하는 얘기라고 생각하고, 토론 때와 같은 방식으로 적어본 것이다. '수업'이 아니라 '토론'이라고 생각하면서 선생님의 설명과 그 설명에 대한 나의 생각을 요약해서 적는 식이었다. 선생님의 설명에 보다 집중하게 되고, 거기에 나의 생각을 더하게 되니 결국 노트를 필기하는 과정 자체가 또 하나의 수업이었던 셈이다.

낭비 없이 보낸다, 방학필살기

"오 마이 갓~ 며칠 지나지도 않은 것 같은데 벌써 방학이 끝나버렸어."

"이번 방학에는 정말 제대로 공부해보려고 했는데, 도대체 뭘 하고 보냈는지 모르겠다."

방학이 끝나고 학교로 돌아오면, 친구들은 늘 이런 후회와 탄식을 늘어놓곤 했다. 사실 방학을 알차게 보내기란 정말이지 어려운 일인 것 같다. 나 역시 입학 후 처음 맞았던 방학에는 주체할 수 없이 많아진 자유시간에 룰루랄라~ 풀어져버렸다가, 개학 직전에야 땅을 치며 후회한 적이 있었다.

그 이후부터는 방학이 다가오면 공부할 과목의 대략적인 숫자와 과목별 시간을 세세하게 기록한 학습 계획표를 짜기 시작했다. 하지만 그렇다고 거기에 너무 얽매이지는 않았다. 흥미로운 것부터 먼저 하는 스타일이라서 막상 공부를 하다 보면 정해놓은 시간을 훌쩍 넘기는 경우도 많았고 예상보다 일찍 끝나는 일도 비일비재했다. 그래서 계획에 맞춰 움직이되 그날 그날의 컨디션과 집중력을 더 중요하게 생각했다. 그럼에도 앞으로 소개할 다섯 가지 원칙은 반드시 지키고자 노력했는데, 방학계획을 세우는 데 어려움을 겪는 친구들에게 도움이 될까 싶어 정리해보려고 한다.

물론, 열심히 공부해야만 방학을 알차게 보낸 것은 아닐 것이다. 여행, 봉사활동, 바쁜 학교생활 때문에 미처 즐기지 못한 취미활동 등, 무엇이든 내게 주어진 시간을 소중히 활용한다면 그것으로 충분히 의미 있는 일이라고 생각한다. 다만, 나의 경우 방학을 부족한 공부를 보충하는 시간으로 활용했기에 그 원칙을 정리했을 뿐이니 참고해주시길 바란다. 자, 그럼 개봉박두!

첫째, 집중력이 필요한 과목은 오전에 공부한다.

학기 중에도 그렇지만, 방학 때는 일찍 일어나는 일이 더더욱 힘들어진다. 사실 반드시 지켜야 할 등교시간이 있는 것도 아니니, 조금 더 잔다고 해도 크게 문제가 되지는 않을 것이다. 하지만 나는 학기중과 마찬가지로 '5시 기상'을 엄수했다(그래, 인정한다. 내가 좀 독종이다). 방학 중이든 학기 중이든 똑같은 시간에 일어나 비슷한 시간대에 공부하는 게 나의 전략이었기 때문이다. 암기든 집중이든 머리를 쓰는 것도 결국 습관이라서 오전에 더 원활하게 돌아갈 수 있도록 반복적으로 훈련한 것이다. 이는 내가 치러야 하는 큰 시험들이 대부분 오전부터 시작된다는 점을 염두에 둔 것이기도 했다.

특히 수학이나 과학처럼 집중력이 필요한 과목을 오전에 공부했는데, 아무래도 오전이 오후보다 두뇌 컨디션이 좋고 몸도 가뿐하기 때문에 공부효율도 올라갔다. 더욱이 이런 과목들은 한번 시작하면 흐름을 타고 오랫동안 공부하는 것이 효과적이라서, 상대적으로 긴 시간 동안 집중할 수 있는 오전시간에 몰아두는 것이 내 공부법의 포인트였다.

둘째, 다음 학기 준비, 선행학습은 1개월 내외 분량으로 조절한다.

학기 중에는 학교에서 나가는 수업진도보다 보통 2주 정도 앞서 선행학습을 했다. 그런데 방학기간이 대부분 한두 달이다 보니 선행학습과 수업진도의 격차가 벌어질 수밖에 없다. 한국에선 무려 몇 학 년 앞선 공부를 학원에서 선행학습하는 게 대세라고 하던데, 글쎄다. 문제는 수업시간에 나가는 진도와 나 혼자 하는 공부의 진도가 너무 심하게 차이가 나면, 오히려 수업시간에 흥미를 잃고 집중하지 않게 될 수 있다는 것이다. 미리 공부하는 것도 좋지만 선행학습은 최대 1개월 분량의 진도를 넘지 않도록 조절해야 한다. 나의 경우, 방학 때 다음 학기에 공부할 내용의 진도가 너무 많이 나갔다고 생각되면 해당 과목의 나머지 공부는 복습이나 관련 분야 독서 등으로 계획을 바꾸었다.

셋째, 주말은 일주일 치 공부를 총정리하는 날로 활용한다.

지난 일주일 동안 암기했거나 새로 이해한 내용은 주말을 이용해 복습하면 완전히 내 것으로 만들 수 있다. 또한 일주일 치 진도를 차분히 복습하다 보면, 스스로 세웠던 학습계획을 객관적으로 판단하는 근거도 마련할 수 있다. 나는 방학 때뿐만 아니라 학기 중에도 마찬가지로 주말을 복습하는 날로 삼았다. 덕분에 일주일 동안 공부했던 것을 되돌아보면서 계획했던 학습량이 버거웠던 것은 아닌지, 계획대로 실천했는지 등을 반성할 수 있었다.

평일 예습, 주말 복습은 시간 안배 차원에서도 괜찮은 선택이었고, 나 같은 경우에는 학교에서 배운 것들을 물샐틈없이 막아 내 것으로 만드는 데 상당히 효과적이었다.

넷째, 자유시간을 충분히 확보한다.

세 번째 원칙까지만 보고, '이런 공부벌레 같으니!'라고 생각하셨다면 이제 오해를 푸시라. 학교에 가지 않는 기간만이라도 자유롭게 보내고 싶은 마음은 나 역시 마찬가지다. 특히 나의 경우 학기 중에는 거의 매일 테니스 연습을 하고 주말엔 늘 시합에 나가야 했기 때문에 자유시간이 거의 없었다. 특별활동과 봉사활동까지 하고 나면 일주일이 어떻게 흘러갔는지도 모를 정도. 그래서 방학기간만이라도 온전히 나만을 위한 자유시간을 확보하려고 애썼다. 대부분 폭넓은 독서와 다양한 사회활동을 위한 시간이었다. 중학교 때부터 저널리즘에 관심이 많았기에, 시간에 구애받지 않고 신문과 책을 원없이 읽는다든가 다양한 글을 직접 써보며 사고력과 문장력을 키우고 싶었던 것이다.

자유시간을 여유 있게 정해두면 미리 세워둔 공부계획에 차질이 생겼을 때 보충하는 시간으로도 유용하게 쓸 수 있고, 평소에 관심은 있었지만 시간이 없어서 도전하지 못했던 새로운 분야에 뛰어들어 경험을 쌓을 수도 있다.

다섯째, 방학 때 읽을 책을 미리 정해둔다.

어릴적부터 항상 책을 끼고 살았지만, 학기 중에는 시간에 쫓겨 마음껏 책을 읽을 수 없었다. 아마도 그래서 더 방학을 기다렸는지도 모르겠다. 나는 방학이 다가오면 늘 방학 동안 읽을 책들의 목록을 미리 정리해두었다. 시간이 많다고 무턱대고 아무 책이나 읽다 보면, 꼭 읽어야 할 책들을 놓치기 십상이었던 탓이다. 평소에 읽고 싶어 기록해두었던 책, 학교에서 알려주는 권장도서 목록 등을 정리해 나만의 독서 리스트를 만들었다.

책은 무조건 많이 읽는다고 다 좋은 것은 아닌것 같다. 스스로 꼼꼼하게 읽고 내용을 잘 소화할 수 있는 분량을 계획하되, 목표를 약간 낮게 잡아서 실제로는 초과달성할 수 있는 정도로 계획을 세우는 것이 가장 좋다. 독서계획은 다른 공부계획들에 비해 비교적 지키기가 쉬운 편이라서, 목표를 달성했다는 성취감도 들고 그러다 보면 책이 더 좋아진다.

다 읽은 책은 독서노트에 간략하게라도 정리해두는 것이 좋다. 책의 기본적인 서지정보(제목, 지은이, 옮긴이, 출간된 날짜, 출판사 등)와 읽고 난 감상을 기록해두면 나중에 다시 찾아볼 때 쉽게 기억을 떠올릴 수도 있고, 그 책과 연관된 다른 책들이나 관련 자료를 더 찾아볼 수도 있다. 나는 책 속에서 언급된 다른 책이나 같은 저자의 다른 책들, 같은 주제에 대해 다른 주장을 하고 있는 책들을 주로 찾아 보곤 했는데, 덕분에 그 책에 대해서 더욱 입체적이고 객관적인 견해를 가질 수 있게 된 것 같다.

집중력 Up!
왔다리 갔다리
공부법

아무리 뛰어난 집중력을 타고난 사람이라고 해도 같은 일을 계속적으로 하다 보면 집중력이 떨어지기 마련이다. 오랜 시간 어떤 한 가지만 파고들다 보면 졸고 있는 것은 아닌데 머리가 전혀 돌아가지 않고, 아무 생각도 나지 않는 상태를 경험한 적이 누구나 한 번쯤은 있으리라 생각된다. 나 같은 경우는 특히 심한 편이라서 짧은 시간 동안은 무섭게 집중력을 발휘하다가도, 무엇을 하는 시간이 길어지면 금세 주의가 흐트러지곤 했다.

어머니는 나의 그런 특성을 일찌감치 간파하셨고, 그래서 어릴 적부터 늘 새로운 환경에서 여러 가지 활동을 할 수 있도록 도와주셨다. 예를 들어 초등학교 때는 학교수업이 끝나면 집에 와서 잠시 공부하다가, 친구 집에 가서 친구와 함께 과제를 하고, 과제를 마치고 나면 테니스를 연습하거나 바이올린 레슨을 받은 후에 다시 집에 와서 공부를 하는 식이었다. 같은 공간에서 내내 같은 활동만 하는 게 아니라 장소와 대상을 바꿔가며 집중하다 보니, 지루할 틈이 없었다. 1시간이든 30분이든 짧은 시간 동안 바짝 해내야 하니까, 공부든 운동이든 더 열심히 하게 됐고 말이다.

만약 나에게 한곳에서만 10시간씩 앉아서 공부하라고 했다면? 으~, 아마 죽어도 그렇게는 못했을 것 같다. 꽉 막힌 공간에 갇혀 엉덩이에 땀띠 나도록 앉아 있어야 하는 건, 너무 가혹한 일 아닌가? 한 가지에 몰두하면 시간도 잊고 열심히 빠져드는 사람도 분명 있겠지만, 나는 그러한 스타일은 아닌 것 같다.

누차 강조하지만, 사람마다 자신에게 맞는 공부방법은 따로 있다. 누군가 최상의 효과를 누린 공부법이라고 해서 나에게도 맞으리란 보장은 할 수 없는 법. 결국 다른 사람의 방법은 참고로 하면서, '나만의 맞춤형 공부법'을 찾아내고 개발하는 것이 중요하지 않을까?

나의 경우는 지루한 것을 잘 못 참고 같은 장소에 너무 오래 있는 것도 별로 좋아하지 않는다. 그래서 나만의 공부법을 개발해낸 것이 일명 '왔다리 갔다리' 공부법이다. 앞서 이야기했듯 장소와 집중할 대상에 계속해서 변화를 준 것이다. 그런 식으로 여러 가지 활동을 짧게 끊어서 하되, 중간 중간 완전히 다른 성격의 활동을 섞어서 같이 하다 보면 매 순간 집중력이 치솟는 기분이었다. 더욱이 계속해서 이런 훈련을 하다 보니, 모드 전환이 빨라진다는 장점이 있었다. 스위치를 끄고 켜듯이, 공부할 때는 공부모드로 그리고 테니스장에 가면 곧바로 운동모드로, 내 정신 상태나 컨디션을 전환하는 것이 쉬워졌다는 이야기다.

SAT 시험을 준비할 때는 이 왔다리 갔다리 공부법을 살짝 변형해, 집중력을 높일 수 있는 나만의 훈련을 하곤 했다. 시험 한 달 전부터 테니스코트, 학교 강당, 공원 벤치 등 이곳저곳을 돌아다니며 타이머를 맞춰두고 실전처럼 모의고사 문제를 풀었던 것이다. 언제 어디서든 집중력을 최상으로 끌어올리기 위한 나만의 훈련법이었는데, 그 덕분인지 나는 SAT에서 당당히 만점을 받을 수 있었다.

공부뿐 아니라 테니스 경기를 할 때도 집중력은 굉장히 중요했다. 집중하지 않으면 실수하기 마련이고, 단 한 번의 실수로도 희비가 엇갈리는 게 스포츠다. 그런데 고등학교 때는 시합에 집중하기가 쉽지 않았다. 수업도 많이 듣고 과제도 많다 보니, 그 모든 걸 다 끝내고 테니스 연습에 들어가면 체력도 정신력도 바닥까지 떨어지곤 했던 것이다. 힘든 하루를 마치고 테니스를 치다 보면 집에 돌아가서 해야 할 숙제 생각만으로도 머릿속에 전쟁이 난 것 같았다.

나는 매 세트, 매 스코어 마치 정신 나간 사람처럼 혼자 중얼거리곤 했는데, 그게 모두 집중력을 끌어올리기 위한 나만의 의식이 었다. 정신이 흐트러지지 않도록, 오로지 테니스에만 몰두할 수 있도록 계속해서 내게 암시를 건 것이다. 포인트를 얻을 때마다 '좋아!', '잘했어!' 같은 말을 스스로에게 던지면서, 내 정신이 다른 곳에 한눈팔지 않도록 독려했다.

그렇게 스스로에게 말을 걸면서 가장 좋았던 것은, 주변의 반응에 신경 쓰지 않는 법을 터득하게 되었다는 사실이다. 내가 나 자신에게 하는 말에 집중하다 보면, 주변의 야유도 환호도, 그 어떤 것도 들리지 않았다. 남들의 시선 따위는 신경 쓰지 않고 여유롭게 경기에 집중할 수 있게 된 것이다. 중고등학교 때는 '남들이 나를 어떻게 보고 어떻게 평가할까?'라는 문제에 유독 민감한 시기인데, 테니스를 하면서 그런 것에 초연해졌다는 게 나에게는 참 좋았다. 나에 대한 루머라든가 뒤에서 험담하는 얘기 같은 것이 들릴 때마다, 나 스스로 나를 응원하고 격려하는 이야기를 건네면서 거기에 집중하면, 금세 평정을 찾을 수 있었다. 결국 이것은 다른 사람의 시선이나 생각에서 벗어나, 나와 내 인생에 대해 집중할 수 있는 또 다른 집중력 훈련이었던 셈이다.

삶과 공부의 주인이 되는 기술, 셀프컨트롤

간혹 어른들이 비디오게임이나 컴퓨터게임, TV가 아이들의 집중력을 떨어뜨린다고 걱정하시는데, 내 생각은 조금 다르다. 게임을 하 거나 TV를 보는 것 자체가 문제라기보다는, 스스로 컨트롤할 수 없는 것이 더 문제라고 생각한다. 한번 시작하면, 적정한 수준에서 멈추지 못하는 것이 문제라는 이야기다.

나 역시 친구들과 비디오게임을 해본 적이 있는데, 솔직히 말해서 크게 재미를 느끼지 못했다. 똑같은 장소에 앉아서 한곳만 쳐다보는 게 지루하기도 했고, 아주 어렸을 때부터 바이올린과 테니스를 해서 그런지 게임이나 TV에는 별로 흥미를 느끼지 못했다.

공부 이외의 다른 활동은 내 몸을 직접 움직이면서 하는 데 더 재미를 느끼는 것 같다. 이런 이야기를 하면, 어떤 친구들은 '재수 없다'는 표정을 짓곤 한다. '그래, 너 잘났다. 고상한 취미가 더 좋단 말이지.' 아마도 속으로 이런 생각을 하는 것 같다.

하지만 나는 게임은 나쁘고 테니스는 좋다는 이야기를 하는 것이 아니다. 친구들이 스트레스 해소를 위해 게임이나 TV를 선택했다면 나는 테니스와 바이올린을 선택했다는 것뿐이다. 문제는 무엇이 더 좋고 나쁜가가 아니라 스스로 컨트롤을 할 수 있느냐이다. 꺼야 할 때 끌 수 있는지, 그만해야 할 때 그만할 수 있는지가 중요하다는 이야기다. 내가 TV를 보는 대신 테니스를 쳤다고 해서 우리 부모님께서 마냥 좋아만 하신 것은 아니다. 공부 외의 활동에 많은 시간을 쏟는 것에 대해 분명 우려도 표하셨다. 하지만 테니스를 재미있게 치다가도 공부할 시간이 되면 바로 멈추고 공부를 시작하는 모습을 지속적으로 보여드리자, 부모님도 공부 외의 다른 활동에 매진하는 나를 크게 걱정하지 않으셨다.

나는 스스로를 컨트롤하는 기술, 즉 '셀프컨트롤'을 테니스를 통해서 배웠다. 테니스는 오롯이 나 혼자서 상대방과 겨루는 스포츠이다. 코트 위에는 조언을 해줄 코치도, 의지할 동료도 없다. 그러다 보니 심리적 압박감이 상대적으로 심한 운동이기도 하다.

특히나 시합 때는 집중력이나 정신력을 곤두박질치게 만드는 여러 상황이 벌어지곤 한다. 상대방의 반칙이나 심판의 오심처럼 나의 의지로 어떻게 바꿔볼 수 없는 상황도 벌어지고, 내가 상대를 만만하게 보고 경기 중 실수하거나 반대로 시작도 해보기 전에 지레 겁을 먹고 집중하지 못하는 상황도 생긴다. 그때마다 앞서도 말했듯 혼자서 끊임없이 중얼거리거나 하는 식으로 마음을 가다듬다 보니 자연스럽게 셀프컨트롤이 가능해진 것이다. 시합이 거듭될수록 내 마음을 내가 통제하는 일이 점점 쉬워졌다.

그렇게 테니스를 통해 길러진 셀프컨트롤 능력은 여러모로 유용했다. 큰 시험을 앞두고 극도의 긴장감을 느낄 때도 쉽게 평정을 찾을 수 있었고, 공부가 하기 싫거나 마냥 놀고만 싶을 때도 수월히 마음을 다잡을 수 있었다. 자신을 통제하는 기술, 셀프컨트롤은 공부뿐 아니라 살아 있는 모든 순간에 필요한, 중요한 기술이다. 공부를 하든 TV를 보든 밥을 먹든, 어떤 행위를 하는 데 있어서 자신의 의지대로 조절할 수 있느냐 없느냐는, 내가 내 삶의 주인이 될 수 있느냐 없느냐의 문제라고 생각한다.

물론 셀프컨트롤이라는 것이 다분히 추상적이고 모호한 구석이 있어서, 그 기술을 익히는 데 어떤 구체적인 방법이 있는 것은 아니다. 하지만 한 가지만 명심한다면, 그리 어렵지는 않으리라 생각된다. 바로 누가 뭐라고 해도, 내 몸과 마음에 귀를 기울이고 자신의 소리에 집중하는 것이다.

나는 성격이 좀 차분한 편이라서 무슨 일이 생겨도 크게 놀라거나 격렬하게 반응하지 않는 편인데, 어릴 때는 그 정도가 부모님이 걱정하실 정도로 지나쳤다고 한다. 여느 사내아이들처럼 시끄럽게 소리도 지르고 화도 내야 하는데, 내가 시종일관 너무 조용해서 걱정스러우셨다는 것이다. 혹시라도 내가 너무 나약해 보이거나 소심해 보여서 다른 아이들이 얕잡아 보면 어쩌나 하고 말이다. 그래서 어머니는 종종 "형진아, 사람들이 널 겁 많고 나약한 아이라고 생각할지도 몰라"라고 말씀하시면서, 불이익을 당하거나 기분이 나쁠 땐 소리도 지르고 화도 내라고 하셨다.

하지만 난 그렇게 생각하지 않았다. '내 몸과 마음에서 나오는 자연스러운 반응이 아니라면, 왜 굳이 일부러 소리를 치거나 화를 내야 하지?' 게다가 누가 하라고 해서, 혹은 남들도 다 그렇게 하니까 하는 것은 더더군다나 싫었다. 어머니 말씀이 틀려서라기보다는 내 마음이 이끄는 대로 행동하는 것이 중요하다는 생각이 들었다.

내 마음을 통제하기 위해서 선행되어야 할 것은 바로 다른 사람의 이야기가 아닌 내 마음의 소리에 귀를 기울이는 일이다. 다른 사람 이야기에 휩쓸리다 보면 정작 내 마음이 무슨 이야기를 하는지 알 수 없다. 내 마음 상태도 제대로 모르면서 그것을 통제하기란 불가능한 일이 아닐까? 결국 셀프컨트롤은 내가 내 삶과 생각에 있어 주인의식을 가질 때, 내 마음의 소리를 온전히 받아들이고 이해할 때야 비로소 실현 가능한 기술인 것이다.

누가 뭐라고 해도,
내 몸과 마음에 귀를 기울이고
자신의 소리에 집중할 것.
어떤 행위를 하는 데 있어서
자신의 의지대로 조절할 수
있느냐 없느냐는,
내가 내 삶의 주인이 될 수 있느냐
없느냐의 문제이다.

지금의 나를 만든 순간들

___ 살다 보면 우리는 수많은 '순간들'과 마주하게 된다. 내 꿈에 날개를 달아준 누군가를 만나는 순간, 내 꿈의 방향을 정할 어떤 사건을 겪는 순간, 내가 걸어온 길들에 감사하게 되는 계기를 만나는 순간. 매일매일 접하는 그 순간들이 모여 한 사람의 인생이 완성되어 가는 것 같다.
어떤 순간은 좌절과 고통으로 점철되어 빨리 지나가버렸으면 좋겠다고 생각하기도 하고, 황홀하고 달콤한 기분에 취해 계속 누리고 싶은 순간을 만날 때도 있을 것이다. 하지만 힘든 순간도 즐거운 순간도, 지나고 나면 모두가 나를 만들어온 소중한 자양분이라는 사실을 알 수 있다. 고통스러운 순간은 내게 강한 근성과 집념을 심어주고, 즐거운 순간은 보람과 성취감을 안겨준다.
중요한 것은 내가 만나게 되는 순간들의 의미를 알고, 그 순간이 내게 미치는 영향에 대해 깊이 고민하는 일인 것 같다. 그 순간의 의미가 퇴색되지 않도록, 내 인생의 소중한 자양분을 허투루 흘려버리지 않도록 말이다.

아버지와 작성한 한 장의 계약서

아홉 살쯤인가, 햇살이 눈부시던 어느 날 오후의 한 장면. 그날 나는 테니스 시합에서 지고 말았다. 의기소침해 있는 나에게 어머니는 "그렇게 성의 없이, 대충대충 해서 나중에 뭐가 되려고 그래! 쓸모없는 사람이 되고 싶어?" 하고 다그치셨다. 어머니도 속이 상하셔서 그렇게 말씀하신 것 같다. 어쨌거나 내 편을 들어줄 사람은 아무도 없었고, 나는 방에 틀어박혀 엉엉 울며 씩씩거리는 것 말고는 아무것도 할 수가 없었다.

그날 나는 유치하게도 도화지에 "엄마 미워!I hate mom!"라고 써넣은 후 방문에 붙여놓고 입을 꾹 다물어버렸다. 어머니가 계속해서 날 달래려고 이것저것 물어보셨지만, 나는 아무 대답도 아무런 설명도 하지 않았다. 그래야 더 속상해하실 것 같았기 때문이다.

그때 그냥 '나도 나에게 실망했는데 어머니까지 그렇게 화를 내시는 게 나에겐 더 큰 상처'라고 차분히 말씀드렸더라면 좋았을 텐데, 지금 생각해보면 정말 유치하기 짝이 없지만 씩씩거리는 아홉 살짜리에게 그럴 정신이 있었겠는가?

그 비슷한 시기에 어머니 잔소리를 듣고 가출을 시도한 적도 있다. 이것 역시 지금 생각해보면 정말 웃기고 귀여운 해프닝이지만, 당시 나는 어머니께 무슨 일로 꾸중을 조금 듣고 영화에서 본 것처럼 집을 나가려고 했다. 작은 트렁크에 좋아하는 책과 치약, 칫솔, 화장지 등을 챙겨넣고 쿵쾅거리며 현관문을 나서다가 마침 퇴근하고 돌아오신 아버지께 붙잡혀 번쩍 들려져서 돌아왔다. 이 앙증맞은(?) 가출소동은 고작 그 정도로 막을 내렸지만, 당시에는 어지간히 분하고 속상했던 모양이다. 화가 난 이유가 무엇이었는지 정확히 기억은 나지 않지만 지금 생각하면 웃음만 나온다.

그런데 이런 유년기 혹은 사춘기의 돌발적 소동들이 사실 알고 보면 부모님으로부터 독립적인 존재로 인정받고 자아 정체성을 찾고자 하는 일종의 몸부림이 아닐까 하는 생각이 든다. 대부분의 사람들이 어른이 되는 과정에서 비슷한 경험들을 뚫고 나왔을 것이다. 자아가 강해지고 자존감도 커지고 더 이상 부모님이 하라는 대로만 하는 게 아닌 독립적인 한 사람의 존재로 성장하는 첫 번째 관문이 나 역시 꽤 시끌벅적했던 것 같다.

누구에게나 부모님의 통제로부터 벗어나고 싶고, 부모님과 의견이 다르면 '내 의견은 이렇다'고 당당히 외치고 싶은 때가 오기 마련이다. 그런 과정을 거쳐야 자연스럽게 사회적으로도 독립된 인간으로 설 수 있고 말이다. 경중의 차이는 있을지 몰라도 나 역시 다른 친구들과 마찬가지로 부모님과의 갈등이 있었다. 부모님과 사이가 좋은 편이었던 나도 어떤 시기에는 부모님께 반항(?)하느라 여러 가지 우스운 일들을 연속적으로 저질렀다.

그런데 그런 과정을 겪으며 나 나름대로는 정서적으로, 그리고 감정적으로 성장했다고 생각한다. 지금의 나는 다행히도(!) 주변의 상황을 객관적으로 파악하고 불필요한 언쟁과 다툼을 피할 수 있을 만큼 정서적으로 성숙해졌다. 결과적으로 사고와 감정의 폭이 넓어지면서 자존감도 높아진 것이다.

나 같은 경우는 자존감이 높아지면서 자연스럽게 알고 싶은 욕구도 커지고 지적 호기심도 커졌다. 그래서 나는 배우기 위해 배웠고, 더 많이 알고 싶어서 공부영역을 확장해나갔다. 칭찬이나 격려에 의존하지 않도록 스스로를 다그치는 데도 많이 노력했던 것 같다. 사춘기를 지나면서 내가 깨달은 것은, 말로만 "제가 알아서 할게요"라고 해서는 아무 소용없다는 사실이다. 진짜로 '알아서 잘하

아버지, 누나와 함께. 아버지는 내게 꿈을 이루기 위해서는 '포커스를 정확히 맞추는 것'이 중요하다는 사실을 알려주셨다.

는' 모습을 보여드려야 증명이 된다. 그건 모든 사회생활에서도 마찬가지인 것 같다.

고등학생이 된 후 내가 스스로 결정하고 계획하고 추진한 일들이 좋은 성과를 거두기 시작하면서부터, 부모님은 감시자가 아닌 조력자로서 나를 존중해주기 시작하셨다.

그런데 혼자 '알아서 잘하기'도 그리 만만치가 않았다. 초등학교와 중학교 시절에는 늘 냉정하게 잘못을 지적해주시고 더 잘하라고 가감 없이 비판해주셨던 부모님이 이제는 '네가 알아서 해라' 하시고는 잘한 점만 얘기해주시니까 더욱 바짝 긴장할 수밖에 없었다. 예전과 달리 오히려 나 자신을 극도로 엄하게 다스려야만 했다. 그래야만 자만하지 않고 스스로에 대해 누구보다 더 예리하고 비판적인 시각을 잃지 않을 수 있기 때문이었다.

예를 들어 공부에 관해서라면, 나는 중학교 이후로는 일상의 계획, 즉 공부 스케줄을 짜고 과외활동 계획을 세우는 것은 스스로 해왔다(한국의 환경과는 좀 다를 수도 있지만). 물론 성인이 되기 전까지는 부모님 슬하에서 서로 납득할 수 있는 수준으로 협의하고 합의해가면서 지내야 했지만, 기본적으로 내가 선택한 것을 책임지는 연습을 해왔다.

어쨌거나 자신이 조절할 수 있는 건 자신의 생각과 행동이다. 개개인에게 선택권이 있고, 나이가 많든 적든 스스로를 소중히 다루어야 한다는 이야기다. 생각과 느낌은 자신이 가장 잘 알기에 그것을 의식하고 깨달아야 한다. 아이큐가 50이든 150이든 자신이 느끼는 것과 생각하는 것을 인식하고 나서, 하고자 하는 일, 꿈과 목표를 좇아야 한다.

혼자서 독립적으로 선택하고 결정하는 연습은 어릴 때 시작할수록 좋은 것 같다. 크든 작든 내가 선택한 것은 내가 끝까지 책임져야 하니까, 그런 점을 생각하면서 노력하고 열심히 하게 되면 결과도 더 좋아진다. 나 역시, 나를 계속해서 앞으로 나아가게 만드는 추진력은 '선택의 주체'가 바로 나라는 사실이다. 그런 책임감은 일종의 선순환이 되어 결국 나에게 정신력과 자제력을 심어주고, 마음먹은 일을 끝까지 해내기 위해서 계획을 짜고 실천해나가는 에너지를 불어넣어 준다.

당연한 얘기지만 대학을 선택할 때도 나 자신이 선택의 주체가 되어야 한다. 그 누구도 아닌 자신의 인생에서, 무엇과도 비교할 수 없는 중요한 선택이기 때문이다.

미국 아이들이 대여섯 살 때부터 듣고 자라는 것이 '좋은 교육을 받으려면 아이비리그 대학에 가야 하고, 아이비리그 중에서도 하버드가 최고다'라는 얘기다. 많은 부모님들이 그렇듯이 우리 부모님도 하버드대가 최고라고 생각하셨기 때문에, 나도 예일대를 선택하는 게 쉽지는 않았다.

사실 나는 열한 살 때 가고 싶은 대학에 대해서 아버지와 계약서를 한 장 작성해두었다. 그렇게 된 데는 좀 특별한 사연이 있다.

초등학교 때 나는 '세상에서 제일 좋아하는 게 뭐냐'고 물으면 단연 '자동차'라고 말하는 꼬마였다. 자동차 사진을 갖고 싶어서 자동차 전시장에서 나눠주는 브로슈어를 모으기도 했다. 그 당시 나는 자동차 사진만 보고 있어도 마냥 행복했다. 내가 열한 살이 되었을 때 우리 누나는 열여덟 살이었는데, 당시 누나가 첫 차를 갖게 되었다. 열한 살짜리의 눈에는 그게 세상에서 제일 부러웠다. 머릿속에는 '하루 빨리 고등학생이 돼서 차를 갖고 싶다'는 생각뿐. 그래서 나는 나중에 내가 갖고 싶은 차의 모델을 혼자 정해두고(어큐라 Acura RSX라는 차였던 걸로 기억한다) 아버지께 계약서를 한 장 쓰자고 졸라댔다. 나중에 이 차를 사주셔야 한다는 계약서였다.

아버지는 반쯤 농담으로 "공짜로는 안 되겠고, 몇 가지 조건을 충족시키면 생각해보지" 하고 말씀하셨다. 나는 아버지의 제안을 받아들이기로 했고, 부자지간의 주요 계약조건을 다음과 같이 정했다.

첫째 좋은 대학에 들어갈 것, 둘째 테니스를 열심히 칠 것, 셋째 고등학교에 가면 전 과목에서 A를 받을 것 등등. 열한 살이었던 나는 컴퓨터 앞으로 가서 그 조항들을 타닥타닥 타이핑해서 계약서로 만들어 출력한 후 아버지의 사인을 받아두었다. 마침 옆에 있던 누나에게 '증인'이 되어달라고 해서 누나 사인도 받았다.

그런데 그 계약서를 작성하는 과정에서 첫 항목을 "좋은 대학에 들어가기 위해서 최선을 다한다"라고 썼더니, 아버지가 "꿈을 이루는 데는 '포커스를 정확히 맞추는 것'이 중요하다"고 말씀하시면서 고쳐보라고 하셨다. 그래서 나는 나름대로 "나는 스탠퍼드대나 예일대 같은 좋은 대학에 가기 위해 최선을 다한다"라고 조항을 바꿨고, 아버지는 이왕 쓸 거 '하버드대'도 하나 넣자고 하셨다.

여기서 중요한 건, 가능한 한 포커스를 좁혀서 목표를 정조준해야 한다는 것을 배웠다는 점이다. 아버지는 과녁에 점 하나를 '콕'

하고 찍듯이 목표를 명확하게 해두어야만 공부를 하든 운동을 하든 '하버드, 스탠퍼드, 예일 중 하나'라는 목표에 꼭 맞게 에너지를 낭비하지 않고 최선을 다할 수 있다고 말씀하셨다. 장난으로 작성한 계약서이긴 하지만, 어렴풋이나마 내 미래를 내가 직접 그려본 최초의 사건이기도 했다.

실제로 입시준비를 하면서 예일대를 택했던 것은 순전히 나 혼자만의 독립적인 선택이라고 할 수 있다. 예일대를 선택한 가장 중요한 이유는, 내가 예일대 캠퍼스를 직접 방문하고서 느낀 감상 때문이었다. 고등학교 때 어머니와 함께 여러 아이비리그 대학을 탐방할 기회가 있었는데, 캠퍼스 트립Campus Trip 둘째 날 방문한 곳이 예일대였다. 사실 나는 그날 '바로 여기다!' 하고 마음속으로 결정했다.

신입생이 모두 기숙사에서 함께 지낸다는 사실도 설레었고(당시 나의 로망은 《해리포터》에 나오는 호그와트 마법학교에 들어가는 거였다!) 예일대 전체의 고색창연한 풍경이 너무나 멋있었다. 파란 하늘과 나무들, 교정을 둘러싼 고딕양식의 건물들이 얼마나 아름답던지, 한눈에 반해버렸다. 마치 오랫동안 머물렀던 우리 집처럼 편안했고, '이곳이 바로 너에게 꼭 맞는 곳이야' 하고 몸이 신호를 보내오는 듯했다. 본능적인 느낌이라고 할까? 그 외에 등록금이나, 도서관 시스템, 교수님들, 학과선택, 엄격한 학사관리, 특별한 커리큘럼 활동 등도 내가 원하는 것과 꼭 맞아떨어졌다.

물론 다른 아이비리그 대학들도 훌륭했다. 수업부터 특별활동, 기숙사까지 모든 것이 잘 갖춰져 있었다. 하지만 최고의 도서관 시스템과 환상적인 기숙사가 내 마음에 꼭 들었기 때문에 나는 예일대를 선택했다.

게다가 나는 예일대에 있는 사람들까지도 마음에 들었다. 길에서 아무나 붙잡고 방향을 물어보거나 안내를 해달라고 요청해도 모두가 지체 없이 웃으며 알려주었다. 낯선 손님과 얘기하는 것을 즐기는 친절한 사람들, 나는 그런 학교 분위기가 좋았다. 결국 10년 이상 하버드, 하버드 소리를 들으며 자라왔지만, 나는 나에게 예일대가 더 잘 맞는다는 현실적인 판단을 내렸다. 그리고 기대했던 것만큼이나 멋진 곳이라서, 이곳을 완전히 사랑하게 되었다.

내 모든 도전을 가능케한 근원, 부모님

우리 아버지는 신발을 만들어 납품하는 사업을 하신다. 사람 좋아하고, 협상과 설득을 즐기는 전형적인 비즈니스맨으로 나에게도 항상 큰 그림을 그리라고 말씀하신다. 다섯 살 때인가. 내가 지나가는 아이스크림 트럭을 가리키며 “나중에 커서 아이스크림 트럭 운전사가 될래요” 하고 얘기했더니 아버지의 대답인즉 “아이스크림이 그렇게 좋으면 아이스크림 공장 사장이 돼야지”였다.

어느 쌀쌀한 겨울날, 아버지가 근심스러운 표정으로 하늘을 쳐다보고 계셨다. 구름 한 점 없는 쾌청한 하늘을 보며 “왜 이렇게 눈이 안 오는 거야….” 하고 걱정스럽게 말씀하셨다. 아버지 회사의 주력 상품이 겨울용 부츠였기 때문이다. 시카고의 겨울은 10월부터 이듬해 4월까지로 꽤 긴 편인데, 아버지는 겨울이 되면 더 자주 하늘을 쳐다보곤 하셨다. 눈이 와야 부츠가 더 잘 팔리기 때문이다. 나는 아버지께 의아하다는 듯이 말씀드렸다.

“아빠, 왜 하늘만 쳐다보세요? 눈이 안 오면, 눈이 안 올 때 신는 신발을 만들어 팔면 되잖아요.”

나중에 알게 된 사실이지만, 아버지는 그때 내가 한 말에서 힌트를 얻어 여름시장을 겨냥한 샌들형 신발을 개발하셨다. 그리고 그 신발이 인기를 끌면서 사업도 확장시키셨다. 나로서는 별 생각 없이 한 말이었지만, 내가 작은 힌트를 드렸다니 꽤나 뿌듯한 일이었다. 물론 아버지는 내게 어떤 감사의 이야기도 하지 않으셨지만, 자존심이 센 아버지 성격을 생각하면 이해할 수 있는 일이다.

아버지는 영어를 유창하게 하지는 못하시지만 언제나 미국인들과 당당하게 대화하신다. 말도 빠르고 행동도 빠르고 외향적인 성격이라 어떤 상황에서든 1g의 두려움이나 머뭇거림도 없으시다. 한마디로 화끈하고 배짱이 두둑한 스타일이라서 의사소통뿐만 아니라 모든 일에 거침없지만, 그럼에도 불구하고 가끔은 “속마음을 감추고 표현하지 않는 것이 진짜 남자다운 것”이라고 말씀하실 때도 있다.

미국 아이들은 열여섯 살이 되면 자동차 운전을 할 수 있다. 아이들이야 마냥 신나는 일이지만, 그때부터 부모님들은 에베레스트 산보다 더 큰 걱정을 통째로 짊어지고 잔소리의 새로운 챕터를 연다. 사고라든가 자동차 고장처럼 운전 자체에 대한 걱정은 기본이다. 거기다가 자녀들의 행동반경이 넓어지고 이동시간에 자유가 생기면서 벌어지는 온갖 문제들에 대한 걱정(예를 들어 밤늦게 이상한 친구들과 어울리는 건 아닌지 같은)까지 추가되는 것이다. 특히 차에 대해서 잘 아는 아버지들의 걱정은 그야말로 하늘을 찌른다.

나도 다른 아이들처럼 열여섯 살 때 자동차 운전면허를 땄다. 처음에는 내가 차를 가지고 집을 나갈 때마다 아버지께서 이건 이렇게 하고 저건 저렇게 하고 등등 운전에 관해서 끊임없이 주의사항을 늘어 놓으셨다. 알다시피 같은 얘기를 100번 하는 것도 힘들지만, 100번 듣는 것도 쉬운 일은 아니다. 게다가 어디에 가는지, 누구와 가는지, 예전에는 별로 물어보지도 않으셨던 것까지 너무 심하게 꼬치꼬치 캐묻기 시작하셨다. '왜 나를 못 믿으시는 거지?' 하는 생각에 조금 섭섭할 정도였다.

물론 아버지는 내가 아직 초보니까 단순히 걱정이 돼서 물어보셨을 뿐이다. 나중에는 나도 그런 아버지를 이해하게 되었지만, 초반에는 왠지 너무 오버(?)하시는 것 같아 섭섭하긴 했다. 한두 해 정도 시간이 흐른 후에는 아버지도 매번 행방을 묻지는 않으셨다.

그제야 마음을 조금 놓으신 것이다. 부모님의 그런 걱정까지 내가 어찌할 수는 없다. 중요한 것은 부모님이 보여주시는 신뢰를 저버리지 않도록 처신을 올바르게 하는 것이다. 한번 무너진 신뢰는 다시 회복하기가 너무 힘드니까 말이다.

아버지와 가까워진 건 고등학교 때부터. 그 무렵 어머니보다는 아버지가 더 자주 테니스 시합에 오셔서 지원군이 되어주신 까닭이다. '지원군'이라는 단어를 쓴 것은 진정으로 나를 지원해주셨기 때문이다. 나를 응원하시기 위해 출장 일정을 바꾸신 적도 있었다. 아버지의 응원 스타일은 어머니와는 조금 달랐다. 어머니가 소소한 것들을 치밀하게 지적해주시는 스타일이라면, 아버지는 핵심적이고 중요한 조언, 절제된 충고를 해주셨다.

고등학생이 되자 중학교 때까지는 만나보지 못한 '무림의 고수들'이 하나둘씩 나타났고, 그들과의 시합에서 밀리고 있을 때면 금방 의기소침해지곤 했다. 그런데 그때마다 상대를 주눅 들게 만들 정도로 거친(?) 아버지의 응원이 들려와 정말이지 큰 힘이 되었다. 쩌렁쩌렁 울리는 아버지의 목소리는 의기소침해진 내 어깨에 힘을 불어넣어주는 듯했고, 이길 수 있다는 자신감을 심어주기에 충분했다. 단지 크고 우렁찬 목소리 때문만은 아닐 것이다. 아버지의 절절한 진심이 나에게까지 와닿았기 때문이었던 것 같다.

아버지와 많은 대회를 함께 다니면서 서로를 좀더 이해할 수 있는 기회가 되기도 했다. 처음에는 좀 어색했지만 오가며 차 안에서 남자들끼리 할 수 있는 얘기도 많이 나누었다. 시간이 갈수록 관중석에서 날 바라보고 계신 아버지 모습이 믿음직스럽고 든든하게 느껴졌다. 그것은 어머니가 보내주신 따뜻한 응원과는 또 다른 강력한 지지였다. 관중석에서 나에게 신호도 보내주시고, 상대방이 부정행위를 하면 거칠게 항의도 하셨다. 내가 이기면 누구보다 기뻐하셨고 지면 나만큼이나 실망하셨다. 평소에 볼 수 없었던 새로운 모습이었고, 아버지와 함께 게임을 해나간 것 같아서 외롭지 않았다.

시합이 끝나고 발에 쥐가 나 쓰러졌을 때 부리나케 달려와 두툼한 손으로 묵묵히 발을 주물러주시던 아버지의 모습이 떠오른다. 표현 방식이 달랐을 뿐 서로를 생각하는 '마음'은 똑같았을 것이다. 나는 그렇게 믿고 있다.

생각해보면 내게 부모님이 없었다면, 지금의 나는 불가능했을지도 모르겠다. 내가 하고 싶은 꿈에 마음껏 도전하고 날개를 펼칠 수 있었던 것은 늘 내게 든든한 지원군이자 응원군이 되어주셨던 부모님 덕분이다. 지금 내가 하고 있는 모든 도전을 가능케 한 그 근원에 부모님이 계셨다고 생각하면, 새삼 그분들에 대한 감사함에 마음이 숙연해진다.

과정을 즐겼다면
충분해,
랑코니 선생님의 조언

배링턴은 새 학기가 시작되는 가을이 오면 동네 이곳저곳에서 열리는 축구, 농구, 크로스컨트리 등 각종 스포츠 경기로 인해 축제분위기가 된다. 핫도그 냄새, 팝콘 냄새가 골목골목 진동을 하고, 사람들이 모여서 떠드는 소리로 온 동네가 시끌벅적해진다. 미식축구 시즌에는 타 지역의 사람들까지 일부러 찾아올 만큼 배링턴의 가을 축제는 유명하다.

내가 다닌 배링턴 고등학교 테니스 팀의 넘버원 싱글을 뽑는 시합은, 짧은 여름이 끝나고 가을축제를 앞둔 고등학교 1학년(9학년) 1학기 첫째 주에 있었다. 우리 학교에는 지역 대회나 주 대회에서 해마다 상위권에 랭크되는 실력 있는 스포츠 팀들이 많았는데, 총 33종목의 팀 중에서도 테니스 팀은 배링턴 고등학교의 자랑 가운데 하나였다. 학교의 명예를 위해 팀을 이끌어야 하는 넘버원 싱글의 자리는 그래서 더 중요했다.

버시티Varsity 그룹에 포함된 나는, 탑 포지션Top Position을 정하는 마지막 시합을 앞두고 벤치에 앉아 휴식을 취하고 있었다. 교내의 모든 스포츠 팀은 대표그룹인 버시티와 후보그룹인 주니어 버시티Junior Varsity(JV라고 부른다)로 나뉜다. 각 그룹은 20명으로 구성되어 있고, 버시티 그룹에서 사람이 빠지면 그 수만큼 JV 그룹에서 실력순으로 사람을 뽑아 공석을 채운다.

휴식시간에 끼니를 해결하기 위해, 도시락으로 싸온 샌드위치를 집어 드는데 예쁘게 접힌 종이 한 장이 툭 떨어졌다. 주워서 펼쳐보니 어머니가 손으로 쓴 편지였다.

"우리의 테니스 여정이 어느새 여기까지 왔구나. 외롭고 힘들고 피곤한 길이었어. 고무줄을 이곳 시카고에서 서울까지 끌고 가도 모자랄 것처럼 멀게 느껴졌었지. 그래도 태양빛에 그을린 네 건강한 피부와 천진난만한 미소, 제법 의젓해진 모습을 보면 고생한 보람이 있었구나 싶어서 가슴이 뿌듯해진단다. 이제 엄마가 할 일이 무엇일까 생각해봤어. 치즈를 먹고 큰 아이들을 이기려면, 더

세 살 때부터 시작한 테니스는 내게 집중력과 근성을 길러주었다.

잘 먹여야겠지? 엄마를 닮아서 키가 크지 않으면 어쩌나 노심초사 한 적도 많았는데, 이제 보니까 그런 걱정은 안 해도 되겠다. 자, 이제 치즈와 고추장의 대결이다. 고추장처럼 매운맛을 보여주렴."

어머니의 응원에 가슴이 벅차오르는 기분이었다. 실제로 그날 도시락에 들어 있던 건 고추장이 아닌 땅콩버터를 바른 샌드위치였지만, 누가 뭐래도 나에겐 고추장처럼 매운맛이 나는 듯했다. 확실히 나에겐 고추장의 매콤한 맛 같은 한국인의 피가 흐르고 있구나 하는 생각도 들었다. 왠지 기운이 불끈 솟아나면서 의지가 더욱 뜨겁게 달아오르는 것 같았다.

오늘 싸울 상대는 작년 넘버원 싱글. 내 키의 1.5배는 될 것 같은 거구의 4학년 남자선배였다. 남은 샌드위치를 한입에 털어넣은 나는 벤치에서 일어나 가볍게 스트레칭을 했다. 세 살 때부터 쳤으니 테니스를 친 지도 어느덧 10년이 넘었다. 여덟 살 때부터 USTA United States Tennis Association 토너먼트로 다져진 경력이니 시합이라면 익숙했다.

드디어 시합은 시작되었고, 역시나 만만치 않은 상대였다. 확실히 파워가 달랐다. 그와 나는 한 세트씩 주고받았는데, 틈이 보이기 시작한 것은 마지막 세트 중반쯤부터였다. 상대방의 플레이가 불안정해진 것이다. 체력의 문제라기보다는 심리적인 문제 같았다. 4학년인 넘버원 싱글이 갓 입학한 1학년 애송이한테 질 수 없다는 압박감이랄까 그런 게 생긴 모양이었다.

나는 빈틈이 보일 때마다 좌우 구석구석으로 열심히 공을 찔러넣었다. 그는 결국 마지막 공을 놓쳤고, 내가 승리의 표시로 한쪽 팔을 높이 치켜드는 순간 분풀이라도 하듯 라켓을 힘껏 집어던졌다. 동시에 내 주위로 1학년 친구들이 우르르 달려와 헹가래를 쳐주었다.

"축하한다, 패트릭. 1학년이 넘버원 싱글을 차지한 건 배링턴 고등학교가 생긴 이래로 처음 있는 일이다."

우리 팀 테니스 코치였던 랑코니Roncone 선생님도 커다란 손으로 내 머리를 쓰다듬어주셨다.

뒷정리를 마치고 곧장 집으로 달려가 제일 먼저 어머니께 소식을 알렸다. 어머니는 깡충깡충 뛰면서 나를 얼싸안았고, 우리는 그렇게 빙글빙글 돌다 거실바닥 위로 넘어졌다.

그날 그 시합은 멋지게 나 홀로 서는 순간이었다. 넘버원 싱글이 된 나는 부모님이나 나를 위해서가 아닌 팀과 학교의 명예 같은 좀더 크고 공적인 가치를 위해 테니스를 치게 되었다. 책임감이 커진 만큼 테니스를 치는 보람도 커졌고, 계속해서 테니스를 열심히 치게 만든 원동력이 되었다. 그 후로 고등학교 4년간 나는 단 한 번도 넘버원 싱글 자리를 내놓지 않았다.

테니스 시즌은 2월 말부터 9월까지다. 테니스 토너먼트는 먼저 배링턴 고등학교와 가까운 지역끼리 시합을 하는 것으로 시작되는데, 홈Home 경기와 어웨이Away 경기를 공평하게 주고받으며 경기를 한다. 이렇게 가까운 지역끼리 시합하는 것을 컨퍼런스Conference 대회라고 하는데, 컨퍼런스에서 추려진 선수들은 시도 단위인 섹셔널Sectional로 올라가고, 섹셔널에서 다시 한 번 추려지고 나면 스테이트State 전체에서 올라온 선수들과 만나게 된다. 스테이트에서 추려진 선수들은 리저널Regional로 올라가는데, 미국에는 총 6개의 리저널이 있다(리저널에서 우승을 하면 본격적으로 운동선수로 활동하며 커리어를 쌓는 경우가 많다). 고등학생들이 참가하는 경기는 스테이트 대회가 마지막인데 거기까지 올라가는 것도 쉬운 일은 아니다.

모든 경기가 끝나면 각 학교와 학생, 단식경기 및 복식경기의 랭킹이 매겨졌는데, 덕분에 시즌 마지막 달에는 주중에도 가끔 온종일 시합을 했고 혼자서 하루에 여섯 번씩 매치Match를 뛰어야 하는 날도 있었다.

나는 학교 테니스 팀의 주장이었고, 내가 넘버원 싱글로 있는 동안 배링턴 고등학교 테니스 팀은 매년 일리노이 주 선수권 대회에 참가했다. 나는 2006년과 2007년 섹셔널 챔피언을 두 번, 컨퍼런스 챔피언을 두 번 했고, 스테이트 랭킹 24위로 테니스 여정을 마감했다. 마지막 시합이 있던 날, 나와 팀원들은 시상식이 끝나자마자 장내가 떠나가라 함성을 지르며 하이파이브를 했다. 서로 껴안고 뒹굴면서 야단법석을 피웠고, 여기저기서 카메라 플래시가 펑펑 터졌다. 마지막 경기를 마치고 가쁜 숨을 몰아쉬고 있을 때 랑코니 선생님이 어깨를 두드리며 말씀하셨다.

"좋은 결과는 억지로 만드는 게 아니라 자연스럽게 따라오는 법이야. 네가 그것을 얼마나 잘 즐겼는지, 즐김으로써 얼마나 의미있게 만들었는지에 따라 결과는 저절로 만들어지는 거지. 비록 패배했다 하더라도 과정에 충실했다면, 그리고 과정을 충분히 즐겼다면 의미 있는 일이고, 그걸로 족해. 난 너를 믿는다. 무엇을 하든지 분명 잘해낼 거야. 앞으로도 무얼 하든 이기고 지는 것에 너무 연연하지 마라. 결과에 매달리기보다는 과정을 즐겨야만 무슨 일이든 잘할 수 있다."

한 세계와 또 다른 한 세계의 경계에 서 있는 듯한 기분이었다. 가슴이 두근거렸다. 한 걸음만 옮기면 새로운 세계가 눈부시게 펼쳐질 것만 같았다. 그날 랑코니 선생님의 말씀은 지금까지도 내 가슴에 남아 있다.

새로운 세상을 열어주는 창, 선생님

중고등학교 때, 학교생활에서 내가 친구들과 조금 다른 점이 있다면 바로 선생님과의 관계다. 나는 중학교 때부터 선생님들과 참 친하게 지냈다. 선생님과 친하다고? 늘 어려운 대상이기만 한 선생님과 친하다는 게 어떤 것인지 상상이 되지 않는 사람이 있을지도 모르겠다. 사실 내 주변의 친구들도 선생님과 격의 없이 어울리는 나를 때론 신기하게 때론 의아하게 쳐다보곤 했다. 선생님께 잘 보이려고 애쓴다는 오해도 많이 받았고 말이다.

하지만 나는 그저 선생님들과 많은 이야기를 나누었을 뿐이다. 선생님을 찾아가서 수업내용에 관해 질문한다거나 이런저런 이야기를 나누다 보면, 선생님의 인간적인 부분들까지 많이 알게 된다. 물론 내 이야기도 많이 하니까 선생님도 나에 대해서 아시게 된다. 그러다 보면 서로에 대해 더 깊은 관심과 애정이 생겨나는데, 그렇게 맺어진 관계는 친구들과의 관계와는 또 달랐다. 선생님들은 나이도 경험도 훨씬 더 많기 때문에, 친구들이 들려줄 수 없는 귀중한 조언을 많이 해주셨던 것이다. 나는 그런 식으로 세상을 알고 배워가는 과정이 즐거웠다.

고등학교 1학년 때 영어 선생님이셨던 에드 플럼Ed Plum 선생님은, 지금도 가족처럼 지내는 이웃이자 내 인생의 가장 중요한 은사님이시다. 백발의 짧은 스포츠형 머리를 한 호리호리한 체형의 노인이시지만 나이에 걸맞지 않게(?) 꽃무늬 알로하셔츠를 즐겨 입으실 만큼 젊은 감각의 소유자시다. 그 덕분인지 우리는 사제지간을 넘어 친구처럼 편하게 이야기를 나누었는데, 내가 선생님 댁에 전화를 걸어 "선생님 계세요?" 하고 물으면 사모님도 "패트릭이구나" 하고 바로 아실 정도로 자주 통화하는 편이고 종종 밖에서 만나서 식사도 한다.

플럼 선생님과 가까워지게 된 결정적인 계기는 에세이 콘테스트였다. 워낙 글 쓰는 걸 좋아하는지라 콘테스트가 있을 때마다 빠짐없이 참가했던 나는, 제출할 에세이를 쓰고 나면 매번 플럼 선생님을 찾아가 보여드리고 피드백을 받았다. 수정하고 피드백을 받고, 수정하고 피드백을 받고, 그렇게 여러 번 고쳐쓰는 과정을 통해 언제나 에세이의 수준은 한 단계 높아지곤 했다. 특히 예전의 나는 글을 너무 길게 쓰는 게 문제여서 5페이지면 충분할 내용을 10페이지에 걸쳐 쓰곤 했는데, 선생님은 장황하게 늘여 쓰지 않고 핵심만 돋보이게 하는 여러 가지 방법을 알려주시기도 했다.

앞서 이야기했던 유기적인 사고와 연관학습법을 강조하신 것도 바로 플럼 선생님이셨다. 선생님은 영어과목을 담당하셨지만, 수업 중에 미술이나 역사와 관련된 이야기도 많이 해주셨다. 덕분에 선생님의 수업은 배움의 깊이와 풍요로움을 모두 느끼게 해주는 황홀한 시간이었다. 더욱이 선생님은 모든 학생 개개인을 단순히 학급의 일원으로서가 아니라 개별적인 인격체로 존중해주셨고 단 한 번도 우리를 '그저 한 명의 학생'으로 대하는 법이 없으셨다. 때문에 나를 비롯한 친구들 모두가 선생님을 존경하고 사랑했다.

나는 수업시간에 나온 작품이나 내가 쓴 글, 혹은 내가 직면하고 있는 문제나 도전해야 할 과제에 대해 선생님과 이야기하고 싶어서 수업이 끝난 후에 종종 교실에 남았다. 둘이서 30분이고 40분이고 목이 아프도록 길고긴 수다를 떨다 보면, 어떤 날은 시간 가는 줄 모르고 있다가 다음 수업에 지각을 하기도 했다.

부모님께 하지 못한 얘기도 플럼 선생님께는 털어놓을 수가 있었다. 사춘기 소년이라면 누구나 다 그렇듯이, 가끔 부모님이 이해가 안 될 때, 부모님과 다툰 얘기들도 선생님께는 털어놓곤 했다. 선생님이 들려주신 조언도 큰 도움이 되긴 했지만, 얘기하다 보면 자연스럽게 나 스스로 생각이 정리가 되어 객관적인 입장을 취할 수 있게 되는 것 같았다. 내가 늘 고민하고 궁금해했던 나의 정체성과 백그라운드에 대해서도 많은 대화를 나누었다. 한국계 미국인으로서 사는 게 어떤 의미인가와 같은 내 나름의 중요한 문제들에 관해서 선생님은 내가 엇나가지 않도록 조심스럽게 이끌어주셨다. 그 중 특히 기억에 남는 이야기는 이거다.

"경계 위에 서면 위태롭게 느껴질 수도 있지만, 양쪽 모두를 보고 더 멀고 깊은 곳까지 가볼 수 있다는 건 큰 축복이란다."

이 이야기는 지금까지도 내가 살아가는 데 있어 중요한 이정표가 되어주고 있다. 나만의 생각인지는 모르겠지만, 실제로 선생님과 나는 사고방식이나 가치관에 있어서 통하는 면이 많았다. 특히 "성적이나 등수보다는 배움 그 자체에 목말라하는 자세를 유지하라"는 선생님의 말씀은, 내가 가지고 있는 생각과 똑같아서 소름이 돋았을 정도다.

선생님들과 친하게 지내지 않았다면 학교생활이 정말 지루하고 답답했을 것 같다. 틀에 박힌 공부만 하면서, 그 외의 세상을 경험할 기회는 얻지 못했을 테니 말이다. 나는 나보다 경험도 많고 지식도 풍부한 선생님들과의 교류를 통해, 교과서만으로는 미처 배우지 못한 세상을 익힐 수 있었다.

예를 들어 역사 선생님이셨던 프레스콧Prescott 선생님은 학교 일과 후에 UN과 관련된 일을 하셨는데, 나도 따라가서 같이 도와드린 적이 있었다. 국제인권단체인 엠네스티 인터내셔널Amnesty International과 관련된 일도 프레스콧 선생님을 따라가서 함께하게 된 활동이었다.

자원봉사 같은 경우도 학교에서 관련 활동을 담당하시는 선생님을 통해서 다양한 곳을 소개받을 수 있었다. 굿 셰퍼드 병원 자원봉사도 선생님이 소개시켜주셨고, 바이올린 연주 자원봉사 같은 것도 알아봐주셨다. 수업을 듣지는 않았지만 평소 알고 지내던 선생님의 결혼식에서 바이올린 연주를 해드린 적도 있었는데, 학교 학생이라기보다는 옆집 동생의 마음으로 기꺼이 즐겁게 도와드렸었다.

그렇게 나는 선생님들과 허물없이 지내곤 했다. 페이스북으로도 알고 지내고 가끔 점심도 같이 먹는 그런 편한 관계 말이다. 선생님들은 내게 다양한 사회활동의 기회를 연결시켜주셨고, 더 넓고 큰 세상이 있다는 사실을 알려주었다. 그런 경험들을 통해 학교 밖에서도 많은 사람들을 만날 수 있다는 사실이 참 즐거웠다.

"좋은 결과는 억지로
만드는 게 아니라 자연스럽게
따라오는 법이야.
네가 그것을 얼마나 잘 즐겼는지,
즐김으로써 얼마나 의미 있게
만들었는지에 따라 결과는
저절로 만들어지는 거지."

굿바이 배링턴!
잊을 수 없는
서프라이즈 파티

잊을 수 없는 그 '파티'를 계획한 사람은 다름 아닌 어머니였다. 내 고등학교 졸업식 날, 집으로 돌아오는 길에 생각해낸 아이디어였다고 한다. '아이들은 부모 곁을 떠나기 마련이며 결국은 가끔가다 집에 찾아오는 손님이 된다'는 사실을 어머니도 잘 알고 계셨지만, 막상 당신에게 그런 순간이 찾아오니 실감이 나지 않으셨다는 것이다. 함께 지내는 생활도 이제 끝이라는 생각이 들자, 대학에 입학하기 전에 잊지 못할 추억을 선물해주어야겠다는 결심을 하셨다고 한다. 어머니는 그날 차 안에서 이런 말씀을 하셨다.

"'시원섭섭하다'라는 말이 이런 거구나 싶네. 너도 힘들었겠지만, 엄마도 쉽지는 않았거든. 그런데 참 이상해. 네 비서 노릇 하면서 바쁘게 뛰어다니던 때를 생각하면 이제 좀 어깨가 가벼워지겠구나 싶으면서도 막상 네가 떠난다고 생각하니 왠지 마음이 뻥 뚫린 것처럼 허전한 것이, 걱정도 되고…. 앞으로는 더 많은 일들을 혼자서 해나가야 할 텐데….

그동안 큰 불평 없이 엄마 말 잘 따라줘서 고마워. 너는 엄마가 힘들었던 것만큼, 아니 그보다 훨씬 더 큰 기쁨을 선사해주었단다."

그날부터 어머니의 머릿속은 내가 떠나기 전에 무엇을 어떻게 선물해줄 것인가, 어떻게 하면 어머니의 마음을 온전히 전달할 수 있을까 하는 고민으로 가득 차 있었다. 다음 날 아침, 어머니는 내게 바이올린을 가르쳐주신 '매지컬 스트링스 오브 유스' 연주단의 배티 해이그Betty Haag 선생님에게 전화를 걸어 이러한 뜻을 전했고, 그 즉시 두 분은 서프라이즈 파티의 하이라이트를 구상하셨다.

전화를 끊은 어머니는 차분히 나의 발자취를 더듬어보았다. 아마도 우리가 함께했던 순간들, 그리고 그때 만났던 사람들이 떠올랐을 것이다. 학교 선생님들, 운동 팀 코치 선생님들이 있었을 것이고, 대회나 수상식 때 만난 사람들이 있었을 것이다. 당연히 배링턴에 사는 이웃집 아줌마 아저씨들도 있었을 것이고, 성당 교우들, '매지컬 스트링스 오브 유스' 멤버들, 학교 친구들과 학부형들도 있었을 것이다. 어머니는 초대할 사람들의 이름을 하나하나 꼽아가며 리스트를 만들었다. 그리고 일일이 그들에게 전화를 걸어 파티에 초대했다. 그들은 흔쾌히 초대에 응했을 것이고, 초대손님이 정해진 후 파티를 어떻게 진행할 것인지, 집 안을 어떻게 꾸며놓을 것인지 구체적인 이미지를 떠올리셨을 것이다.

일단 내 물건들을 집 안 곳곳에 장식품으로 배치한다. 어머니는 나의 손때가 묻은 소품들이 파티의 분위기를 한껏 살려줄 것이라 믿으며, 현관앞에서 집 안을 둘러본다. 가로로 길쭉한 테이블 두 개가 거실과 다이닝룸에 각각 하나씩 놓여 있다. 거실과 다이닝룸 사이 오른쪽 벽에는 붉은 벽돌로 쌓은 벽난로가 있다. 부엌은 그 옆이고, 부엌 앞에는 나에 관한 기사가 실린 신문들과 내 사진이 들어 있는 액자와 상패, 트로피들이 진열된 기다란 선반이 있다.

거실 테이블의 주제는 '나의 지난날'이었다. 우선 테니스를 칠 때 입었던 운동복들을 테이블 커버로 이용한다. 빨간색, 하얀색, 검정색 유니폼으로 알록달록해진 테이블 위에 테니스 가방과 라켓, 테니스 공, 공을 담았던 바구니 따위를 올려놓는다. 여기에 미끄러질까봐 조금만 닳아도 바꾸어 신었던 여러 켤레의 운동화들과 트로피, 상패, 신문기사 등을 이용해 예전 그 분위기를 살릴 수 있도록 아기자기하게 디스플레이했다.

다이닝룸 테이블의 주제는 '감사'였다. 우선 테이블에 하얀색

커버를 씌우고, 졸업 파티 분위기가 물씬 나는 대형 케이크를 중앙에 배치했다. 그동안 여러 가지 활동을 해오면서 찍은 기념사진들을 케이크 주변에 빙 둘러 자연스럽게 놓아두고, 테이블 옆에 의자를 몇 개 갖다놓은 다음, 모처럼 자리를 같이한 손님들이 다과와 담소를 나눌 수 있도록 조용한 공간으로 만들어두었다.

어머니는 내가 집에 없는 시간이나 자고 있을 때를 이용해 계획대로 거실을 꾸미기 시작하셨다. 현관문을 열고 들어왔을 때 보이는 그 풍경 말이다. 내 방은 2층에 있었고, 졸업 시즌이라는 핑계로 밤늦게 들어오는 일이 많았던 나는 차고 쪽으로 들어가 거실을 통과하지 않고 바로 2층으로 올라갔기 때문에 거실의 변화를 전혀 눈치채지 못했다. 솔직히 말하면, 파티 당일까지도 몰랐다. 어떻게 그걸 몰랐나 싶기도 한데 정말로 몰랐었다.

디데이D-Day인 6월 9일 토요일. 나는 오후 4시쯤 집으로 돌아왔고, 여느 때처럼 2층으로 후다닥 올라갔다. 침대 위에 벌렁 드러누워 뒹굴다가 읽고 있던 《해리포터》를 펼쳐들었다. 초인종이 울린 것은 해리포터가 한창 호그와트 마법학교 위를 날아다니고 있을 때였다.

"형진아, 문 좀 열어줄래?"

아래층에서 어머니의 목소리가 들려왔다. 알겠다고 큰 소리로

내게 가장 좋은 친구이자 든든한 지원군인 어머니와 함께. 부모님은 내 모든 도전을 가능케 한 근원이다.

대답한 나는 아무 생각 없이 침대에서 일어났다. 앞으로 어떤 일들이 펼쳐질지 짐작조차 하지 못한 채 쿵쾅거리며 계단을 내려갔다. "서프라이즈!" 제일 먼저 도착한 손님은 성당 교우들이었다.

"졸업 축하해요!"

"어? 아, 안녕하세요."

나는 건네받은 꽃다발을 들고 멍하니 서 있다 뒤를 돌아보았다. "엇!" 그제야 달라진 거실이 한눈에 들어왔다. 손님들은 감탄사를 연발하며 집 안 이곳저곳을 구경하다 팔을 걷어붙이고 부엌 안으로 들어갔다. 요리사 복장을 한 사람이 보였다. 음식을 준비하고 있는 모양이었다. 문득 어머니의 말이 떠올랐다.

"너는 엄마가 힘들었던 것만큼, 아니 그보다 더 큰 기쁨을 선사해 주었단다."

그제야 어머니가 깜짝파티를 준비하셨구나 하는 생각이 퍼뜩 들었다. 부엌에서 시리얼을 먹기도 했고, 거실에서 TV를 본 적도 있었는데 왜 몰랐을까, 머리를 긁적이며 주변을 둘러보았다.

"오 마이 갓!"

어느새 잊고 지냈던 내 물건들이 다 나와 있었다. 많은 일들이 한순간에 눈앞을 스쳐지나갔다. 힘든 시기도 있었지만 그만큼 즐거운 시간도 많았던 학창시절. 감동에 젖어서 조용히 어머니를 찾았다. 어머니는 싱크대 앞에서 과일을 씻고 계셨다. 나는 뒤에서 어머니를 껴안았다.

"엄마, 감사합니다!"

깜짝 놀란 어머니는 나를 확인하시더니 빙그레 웃으며 내 손을 잡으셨다. 그러고는 방금 씻은 방울토마토 한 개를 입에 넣어주셨다. 음식 준비는 어느 정도 끝난 듯했다.

본격적으로 손님이 오기 시작한 것은 오후 6시가 지나면서부터였다. 나는 부모님과 함께 현관 쪽으로 가서 손님들을 맞았다. 오랜만에 뵌 랑코니 코치 선생님과는 예전처럼 하이파이브를 했고, 자주 보는 친구들과는 가벼운 키스와 포옹을 나누었다. 거실

안은 금세 시끌벅적해졌다. 그때였다.

"서프라이즈!"

'이번엔 또 누구지?' 하는데, 그리운 얼굴 하나가 떠올랐다.

"게일 선생님?"

유치원 때 선생님이셨던 게일Gail 선생님이었다. 계산해보니 14년 만이었다. 선생님의 까맣던 머리칼은 어느덧 반백으로 변해 있었다. 나는 너무 반가운 나머지 있는 힘껏 선생님을 끌어안았다. 선생님은 일이 있어 늦었다고 미안해하시며 예쁘게 포장된 선물상자를 하나 주셨다. 나는 두근거리는 마음으로 그것을 풀어보았다.

"오 마이 갓!"

그것은 유치원 때 친구들과 찍은 사진들을 모아놓은 조그만 앨범이었다. 나는 사람들과 모여 앉아 한 장 한 장 앨범을 넘겨보며 눈물이 날 정도로 유쾌하게 웃었다. 감사하다는 말로는 턱없이 부족한, 너무나도 고마운 선물이었다. 하지만 게일 선생님의 등장도 그날의 하이라이트는 아니었다.

저녁 7시. 파티는 점점 무르익어가고 있었다. 분위기에 완전히 적응한 나는 거실을 돌아다니며 선생님 한 분 한 분께 직접 감사의 인사를 전하는 중이었다. 그런데 갑자기 2층에서 깽깽 하는 바이올린 소리가 났다. "어? 이게 무슨 소리지?" 하며 깜짝 놀라 고개를 들어 보니, 세상에! 하얀 유니폼을 입은 천사 같은 아이들이 2층 복도를 가득 메우고 있는 게 아닌가? "오 마이 갓!" (이날, 나는 '오 마이 갓!'을 수십 번도 넘게 외쳐댔다.)

핑크색 정장에 핑크색 하이힐을 신은 은발의 부인이, 꼭 어린 시절의 누나처럼 예쁜 여자아이 한 명과 함께 거실 한가운데로 걸어나왔다. 해이그 선생님이었다. 일순간 사람들의 이목이 집중되었다. 반주자 아이가 거실 한쪽에 놓인, 최근에는 아무도 친 적이 없는 피아노 앞에 앉았다. 잠시 정적이 흘렀다. 해이그 선생님이 지휘를 시작하자 '사운드 오브 뮤직Sound of Music'의 선율이 마법처럼 온 집안을 감쌌고, 나는 마법에 걸린 사람처럼 달려가서 테이블 위에 놓인 내 바이올린을 집어 들었다. 그러고는 2층으로 뛰어 올라가 예전처럼 자리를 잡았다. 누군가가 휘파람을 불었고, 박수소리가 파도처럼 밀려들었다.

우리는 이후로 약 20분간 '매지컬 스트링스 오브 유스'의 월드투어 때 연주했던 레퍼토리를 청중들에게 선보였다. 마지막 곡은 '호다운Hoedown'이라는 곡이었다. 과거에 두 명씩 짝을 지어 서로의 바이올린을 켜거나, 바닥에 누워 연주하거나, 훌라후프를 돌리며 연주하는 퍼포먼스를 할 때 선보였던 곡이었다. 사람들이 박자에 맞추어 몸을 흔들기 시작했다. 다 같이 박수치며 박자를 맞추었다. 나는 음악 안에서 모두가 하나가 되는 마술 같은 모습을 바라보며, 즐거움을 함께 누린다는 게 이런 것이 아닐까 하는 생각에 더욱 더 신명나게 활을 움직였다. 연주가 끝나자 누군가가 "앙코르!"를 외쳤다.

잊을 수 없는 서프라이즈 파티는 배링턴을 떠나 더 큰 세계로 나아가야 하는 나에게 큰 용기와 힘을 주었다. 내가 사랑하는 많은 사람들과 함께 멋진 음악을 연주하고 맛있는 음식을 나눠 먹는다는 것만으로도 눈물 나게 감동적인 이벤트였다.

세상이라는 교과서, 배움엔 경계가 없다

'공부'라고 하면 흔히 교과서를 파고들며 수학공식을 외우고 영어단어를 암기하는 것을 떠올릴 것이다. 만약 그런 것이 공부의 전부라면 나는 공부만 하는 바보가 되고 싶지는 않다. 세상에 내가 배울 수 있는 것, 내가 알고 싶은 것이 너무도 많은데, 책 속에만 파묻혀 세상과 담을 쌓는 건 안타까운 일이 아닐까?
책에 담긴 내용만이 지식의 전부는 아니다. 세상에 존재하는 모든 것이 지식과 지혜의 재료가 될 수 있다. 나는 학업 외에도 테니스, 바이올린, 디베이트, 뮤지컬 등 수많은 과외활동을 병행했다. 내가 다재다능하다는 자랑을 하려는 게 아니다. 그런 활동들을 모두 해내려면 시간도 부족했고 여러모로 힘들었지만, 돌이켜보면 하나하나의 활동들을 통해 교과서에서는 결코 배울 수 없는 다양한 정신과 역량을 익힐 수 있었다. 테니스를 치며 근성을 길렀고, 바이올린을 통해 사람들과 함께 어우러지고 공감하는 능력을 익혔다. 디베이트는 내게 체계적이고 논리적으로 사고하며 말하는 기술을 알려주었다.
결국 중요한 것은 무엇을 공부하느냐가 아니라, '무엇에서든 배우려는 마음인' 것 같다. 우리가 마음먹기에 따라서 세상 모든 것이 공부가 될 수 있다는 사실을 명심하면 좋겠다.

세 살짜리 테니스 선수, 〈시카고 트리뷴〉에 데뷔하다

세 살 무렵의 어느 날, 나는 어머니와 집 근처 공원의 테니스코트에서 테니스를 치고 있었다. 늦겨울의 쌀쌀한 공기 사이로 한 줌 햇살이 유난히 반짝거리는 오후였다. 겨우 걸음마를 뗀 나이였으니 '테니스를 쳤다'라기보다는 그냥 어머니가 던져주시는 공을 라켓으로 힘겹게 맞히는 정도였을 것이다. 어쨌든 공을 주거니 받거니 하며 한 가로운 오후를 보내고 있는데, 어디선가 큼지막한 카메라를 둘러멘 아저씨가 나타나 말을 걸어왔다.

"저쪽에서 아이 사진을 한 장 찍었는데 신문에 실어도 괜찮을까요? 상당히 인상적이었습니다. 자기 키만 한 테니스 라켓을 들

Tribune photo by Bob Lange

Ahead of the game

Three-year-old Patrick Lee of South Barrington keeps up a lo of racquet, so to speak, as he lines up a shot Tuesday after noon at the South Barrington Park District's Dunteman Park.

세 살 무렵 <시카고 트리뷴>에 사진이 실리면서 테니스계에 데뷔(?)했다.

고 환하게 웃는 아이를 보니 겨울이 끝나기도 전에 봄이 온 듯하군요."

그는 〈시카고 트리뷴Chicago Tribune〉의 '밥 랭거Bob Langer' 기자였고, 그가 찍은 사진은 다음 날 'Ahead of the game'이라는 제목으로 신문에 실렸다. 선명하게 기억나는 일화는 아니지만, 어쨌거나 그 사진은 내가 세 살 때부터 테니스를 쳤다는 증거인 셈이다.

세 살 때 신문을 통해 데뷔(?)까지 했지만 사실 테니스는 내 의지로 선택한 운동은 아니었다. 세 살이라는 나이가 무언가를 선택할 수 있는 나이는 아니지 않은가. 선택은커녕 자신이 무엇을 잘하는지, 무엇을 하고 싶은지도 모르는 백지 상태에 가까운 나이다.

내 의지가 아니라 어머니의 권유로 인해 시작한 운동이긴 했지만, 나는 중간에 한 번도 그만두지 않고 고등학교를 졸업할 때까지 테니스를 쳤다. 어머니는 내가 언제 어디서든 테니스를 칠 수 있도록 항상 차 트렁크에 라켓과 공을 싣고 다니셨는데, 그 덕분인지 나는 고등학교 1학년 때부터 졸업할 때까지 넘버원 싱글의 자리를 단 한 번도 놓친 적이 없다. 실력을 인정받아 2005년부터는 학교 테니스 팀 주장으로 활동하기도 했고 말이다.

어렸을 때부터 배운 것이 테니스 하나는 아니었다. 어머니는 내가 조금이라도 더 어릴 때 재능을 발견하길 원하셨고, 그래서 최대한 많은 것을 경험할 수 있는 기회를 마련해주셨다. 그렇다고 무조건 '이거 해라 저거 해라' 하고 강제로 시키신 것은 아니었다. 여러가지 선택안을 주고는 내가 하고 싶은 것을 고를 수 있도록 해주셨다. 덕분에 나는 초등학교 때 테니스 외에도 수영, 축구, 야구, 스케이팅 등을 골고루 배울 수 있었다.

어릴 때는 이것도 하고 싶고 저것도 하고 싶어서 욕심을 잔뜩 부렸는데, 초등학교 고학년으로 올라가자 도저히 감당이 안 될 지경에 이르렀다. 이러다간 무엇 하나 제대로 할 수 없겠다는 생각이

들었다. 고민에 고민을 거듭하길 여러 달, 중학교 1학년이 되던 날 아침에 어머니께 결심을 말씀드렸다.

“엄마, 저 앞으로 운동은 테니스만 할래요.”

당시 나는 테니스와 축구, 수영을 배우고 있었는데 모두 재미있는 운동이었지만 전부 잘해낼 수는 없을 것 같았다. 중학교에 올라가면 이전과는 비교할 수 없을 정도로 공부할 내용이나 과제물의 양이 많아질 터였다. 시간과 에너지, 체력에도 한계가 있을 텐데, 모두를 다 해내려고 하는 건 과욕이라는 생각이 들었다. 어떻게든 해낼 수는 있겠지만 결국 무엇에도 전력투구할 수 없는 상황이 벌어질 테니까. 게다가 나는 운동 외에도 바이올린이나 연극반 같은 과외활동도 병행하고 있었으니, 그 모든 것을 해내기란 사실상 불가능한 일이었다.

아침을 준비하시던 어머니는 내 얘길 들으시고는 묵묵히 나를 바라보셨다. 나는 떨리는 마음으로 밤새 고민해서 만든 나의 새로운 일과표를 어머니께 내밀었다. 그것은 이제 내 생활의 주체는 내가 되겠다는 의지의 표명이기도 했다. 찬찬히 일과표를 살피고 난 후 어머니는 아쉬움과 대견함이 교차하는 표정으로 입을 여셨다.

“우리 아들, 이제 다 컸네.”

예상 밖의 반응이었다. 당연히 어머니가 실망하실 거라고 생각했었다. 내가 하고 싶다고 이것저것 선택해놓고서 이제 와서 그만

두겠다고 말씀드린 것이니까 말이다. 의지가 약하다고 생각하시지는 않을까라는 걱정을 했었다. 더욱이 어머니가 주도적으로 짜주셨던 생활을 거부하고, 내 방식대로 생활하겠다는 일종의 선언이기도 했으니 말이다. 하지만 어머니는 내가 스스로 판단해서 '선택과 집중'을 결정했다는 사실 자체를 기특하게 여겨주셨다. 그리고 내 선택을 아낌없이 격려해주셨다.

결국 나는 내 의지로 다른 운동들은 과감하게 포기하고 테니스를 선택할 수 있었다. 처음 시작은 어머니의 권유였지만, 그날 이후부터는 나의 자발적인 선택으로 테니스를 치게 된 것이다. 어쩌면 그순간이 나 스스로 무언가를 결정하고 선택한 최초의 순간이었는지도 모른다. 그리고 그러한 '선택'을 어머니께 선언했던 것은 테니스를 대하는 나의 태도까지 완전히 달라지게 만든 계기가 되었다. 원래도 테니스를 좋아하고 즐기는 나였지만, 내가 선택한 활동이라는 사실에 더욱 의욕이 불타올랐던 것이다.

많은 사람들이 나의 이력이나 활동경력을 보고는 묻는다.

"남들은 학교공부만 하기에도 벅찬데, 어떻게 그렇게 여러 가지 일들을 동시에 할 수 있었니?"

그도 그럴 것이 운동은 테니스 하나에만 집중했다고 해도 공부와 병행하는 다른 활동은 여전히 많았다. 먼저 테니스만 하더라도 고등학교 때는 학교 테니스 팀 주장을 맡아서 매일매일 훈련을 진행한 것은 물론, 주말마다 대회에 나갔다. 여기에 더해 바이올린 레슨과 연극반 활동도 빠지지 않았으며, 봉사활동도 친구들보다 월등히 많이 했다.

혹시 슈퍼맨이냐고? 설마 그럴 리가! 나 역시 남들과 똑같이 하루 24시간을 알뜰히 쓰는, 그냥 평범한 학생일 뿐이다. 당연히 테니스를 치면서 동시에 바이올린을 켜는 재주는 없다. 사람들의 질문에 똑 부러지는 답을 줄 수는 없지만 시간을 잘 쪼개 쓸 줄만 알면, 그리고 조금만 더 부지런해진다면 결코 불가능한 일은 아니라고 생각한다. 나도 주어진 24시간을 알뜰살뜰 쪼개 쓰다 보니 그 많은 활동을 할 수 있었으니까 말이다.

그래도 뭔가 비결이 있었을 거 아니냐고? 비결인지는 모르겠지만 다른 친구들과 비교해봤을 때 내게 한 가지 분명한 차이점이 있긴 하다. 바로 '동기'의 차이다. 내가 도전했던 많은 일들이 만약 부모님이 시켜서 한 것이었다면, 단지 이유가 그것뿐이었다면 그렇게까지 열심히 하지는 못했을 것같다. 또한 그런 활동들이 재미나 보람과 상관없이 단지 성적에 도움을 주기 위한 것들이었다면 그 모든 것을 그렇게 악착같이 해낼 수는 없었을 것이다. 부모님의 권유나 성적표 같은 것들은 내 마음속에 불을 붙이는 땔감으로 쓰기엔 턱없이 부족했고, 나를 움직이게 만드는 힘으로는 충분치 않았기 때문이다.

곰곰이 생각해보니 내가 하루 24시간을 1초도 낭비하지 않고 의미 있게 쓰려고 노력했던 것은, 내가 무언가를 주도적으로 선택했다는 사실과 그 선택에 대한 강한 애정이 있었기 때문인 것 같다. 그 누가 시킨 것도 아닌, 내가 하고 싶은 일들이었기에 지치고 힘들어도 웃으면서 즐길 수 있었다. 그 누구도 아닌 내가 선택한 일들이었기에 잘해내야만 한다는 책임감을 느꼈다.

아주 어릴 때부터 나는 늘 내가 좋아하는 것을 선택할 수 있었고, 그 선택에 책임지는 과정을 연습해왔다. 공부든 운동이든 나 스스로를 이끌어가는 에너지는 바로 나의 선택과 그로 인한 책임감에서부터 나왔다. 애초에 남다른 능력이 있어서 달려들었다기보다는, 무언가를 해보고자 하는 동기와 의지 덕분에 열정을 발휘할 수 있었고 덕분에 결과도 좋았던 것 같다. 그것은 일종의 '선순환 법칙'이라고도 할 수 있겠다. 첫 단추부터 내 의지와 즐거움으로 시작하면, 계속 그 동력을 이용해서 스스로를 원하는 방향으로 수월하게 끌고 나갈 수 있는 것이다.

"그때 너는
분명히 네 한계를
뛰어넘었어!"

만 세 살 때부터 테니스 라켓을 잡은 내가 학교 테니스 팀에 들어가서 정식 과외활동으로 테니스를 친 것은 고등학교 때부터였다. 초등학교와 중학교 때까지는 USTA 토너먼트에 나가는 게 테니스 연습의 주된 이유였다. 이 대회는 전국적인 규모의 아마추어 테니스 대회로, '여덟 살 이상'부터 두 살 간격으로 클래스를 구분하여 연령별로 경기가 치러졌다.

아홉 살에 처음으로 이 토너먼트에 참가한 나는 사흘간 벌어진 모든 매치를 이기고 결국 내 키만 한 우승 트로피를 차지했다. 사흘 동안 쉬지 않고 경기를 치르느라 진이 다 빠져서 좀 멍했는데, 부모님은 마치 당신들이 우승하기라도 한 것처럼 기뻐하셨던 기억이 생생하다. 그렇게 고등학교 졸업할 때까지 테니스 라켓을 놓지 않았던 나는 '12세, 14세, 16세 남자 단식경기 부문'에서 모두 10위 안에 들었다. 덕분에 지금까지도 우리 집에는 내가 테니스 대회에서 탄 트로피들이 부엌 앞 기다란 선반 위에 빼곡하게 진열되어 있다.

매일같이 수업을 마치자마자 코트로 달려가야 하는 생활은 결코 쉽지 않았다. 방과 후에 봉사활동도 해야 하고 바이올린 레슨도 받아야 했기 때문에 때로는 차 안에서 땀에 젖은 운동복을 갈아입을 때도 있었고, 샌드위치로 끼니를 해결해야 할 때도 많았다. 게다가 주말에는 거의 빠짐없이 토너먼트에 참가했는데, 애리조나처럼 먼 곳에서 시합이 열리면 금요일 수업을 빼먹고 비행기를 타고 날아가기도 했다. 이처럼 초등학교와 중학교 내내 나의 모든 스케줄은 테니스에 맞춰져 있었다. 테니스 말고도 할 게 많았는데, 어떻게 그걸 다 해냈는지 내가 생각해도 신기할 따름이다.

무리한 스케줄을 강행할 때도 있고, 몸이 피곤할 때도 있었으니 테니스가 항상, 마냥 좋은 것은 아니었다. 테니스 시합 자체는 재밌었지만, 어릴 때는 경기과정이 아니라 결과만 중요시하는 억압적인 분위기를 감당하지 못할 때도 있었다. 이겨야 한다는 강박관념 때문에 시합을 망친 적도 여러 번이었다. 아이들은 거의 대부분 득점하거나 실점할 때마다 환하게 웃거나 울상을 짓거나 하며 관중석을 돌아본다. 여덟아홉 살짜리 꼬마들에게 엄한 부모님과 코치 선생님은 늘 두려운 존재이기 때문이다. 나도 어릴 때는 그랬다.

테니스는 상대선수와 단독으로 붙어서 싸워야 하는 경기다(복식경기는 두 명씩이지만 나는 주로 단식경기만 했다). 달리기나 높이뛰기처럼 자신과 싸우면서 기록을 향상시키는 기록경기가 아니라서, 양쪽 다 실력이 형편없어도 상대방보다 조금만 더 잘하면 된다. 하지만 실제로 해보면 '자신과의 싸움'과 '상대선수와의 싸움', 둘 다 잘해야 좋은 경기를 할 수가 있다. 그중에서도 자신과의 싸움에서 먼저 이겨야 한다. 나 자신과의 싸움은 정신력과 셀프컨트롤에 달렸고 상대선수와의 싸움은 기 싸움 같은 심리전부터 체력, 집중력, 전략까지 전면전의 양상을 띤다.

내가 중점을 둔 것은 자신과의 싸움이었다. 그래서 게임 내용이 좋지 않으면 이겨도 기쁘지 않았다. 예를 들어 나보다 약한 상대를 만났을 때 상대를 얕보고 쉽게 이길 수 있다고 생각하면 당연히 몰입도가 떨어진다. '이 정도만 하면 되겠지' 하는 안이한 마음가짐으로 경기를 하다 보면 내가 가진 능력 이상의 실력을 발휘할 기회도 생기지 않고, 승리하더라도 결국에는 재미없는 시합이 되어버린다. 그런 시합은 이겨도 의미가 없었다. 무언가를 새로 배운 것도 아니고 잘못된 점을 고친 것도 아니니까 한 경기를 이긴 것 외에는 별다른 소득이 없기 때문이다.

반대로 게임 내용이 좋으면 설사 지더라도 마음은 뿌듯했다. 지금보다 1mm라도 더 앞으로 나아갈 수 있는 무언가를 얻었다는 생각 때문이다. 나보다 잘하는 상대방을 만나서 게임을 힘겹게 끌고 가거나 진 경우, 내가 몰랐던 새로운 기술도 알게 되고 '우와! 내가 이렇게 어려운 공도 받아내다니!' 하면서 나 스스로에게 감탄할 기회도 자주 생기니까 말이다.

경기를 하다 보면 사람들의 예상을 뒤엎는 것도 은근히 재미있다. 내가 좀 가늘어(?) 보여서 그런지 나를 잘 모르는 사람들은 대부분 내가 질 거라고 예상하곤 했다. 테니스는 덩치가 크다고 해서 무조건 유리한 게임이 아닌데, 왜 그런 선입견들을 갖는지 모르겠다. 어쨌거나 외모로만 비교해보면 나보다 훨씬 실력이 좋을 듯한 상대를 가볍게 이기는 경우도 많았고, 실력이 막상막하인 상대선수와 결과를 쉽게 예측할 수 없는 흥미진진한 게임을 펼칠 때도 많았다. 그런 게임은 경기를 하는 나도 재밌었는데, 예상치 못한 나의 활약에 지켜보는 관중들도 꽤나 즐거워했다.

언젠가 전에 한 번 이겨본 경험이 있는 친구를 USTA 토너먼트에서 다시 만난 적이 있다. 그런데 의외의 접전 끝에 그만 첫 번째 세트를 내주고 말았다. 당황스러우면서도 놀라운 일이었다. 당연히 내 가 이길 거라 생각하고 여유 있게 플레이했던 나는 마음을 다잡고 두 번째 세트에 임했다. '이번이 결승'이라는 결연한 마음가짐으로 게임에 집중했다. 다행히 두 번째 세트와 세 번째 세트를 내리 따냄으로써 힘겹게 이기긴 했다. 가장 인상 깊었던 시합이 언제였냐고 묻는다면 나는 주저 없이 그 게임이라고 답할 것이다.

사람들이 기억하고 칭찬하는 시합은 대부분 내가 월등히 상대를 앞서서 이긴 게임이었다. 친구들은 물론 부모님도 마찬가지였다. 당연한 일인지도 모른다. 한번은 내 테니스 코치였던 랑코니 선생님에게 내가 했던 게임 중에 가장 기억에 남는 것이 언제였냐고 여쭤보았다. 그런데 랑코니 선생님은 다른 사람들과 달리 내가 아슬아슬하게 승리했던 그날의 게임을 꼽으셨다.

"훈련이 어느 정도 되면 상대를 맞닥뜨리는 순간, 이 정도만 하면 이기겠다, 혹은 이번엔 이기기 힘들겠다는 판단이 서기 마련이야. 그리고 이기겠다 싶은 경우는 실제로 딱 그만큼만 하면 이기지. 문제는 반대의 경우야. 많은 친구들이 이기기 힘들겠다 싶으면 실제로 붙어 보기도 전에 포기하거든. 내 말은 승부근성을 가지라는 얘기가 아니야. 모든 게임이 다 의미 있는 게임이 되어야 해. 그러려면 쉬운 상대든 어려운 상대든 최선을 다해야겠지. 최선을 다한 시합이어야 이기든 지든 의미 있는 게임이 되고 가치 있는 승부가 될 테니까. 내 기억에 네가 가장 잘했던 게임은 그 게임이었다. 그때 너는 분명히 네 한계를 뛰어넘었어. 훌륭한 시합이었다."

랑코니 선생님은 나와 마음이 가장 잘 통하는 코치였다. 이기면 무조건 칭찬하고, 지면 무조건 꾸중하는 대다수의 사람들과는 달랐다. 내가 팀 생활을 즐길 수 있었던 것은 랑코니 선생님 덕분이기도 했다. 정말로 중요한 게 무엇인지 알려주신 분이다.

팀 생활을 하면서 가장 스트레스를 많이 받았던 부분은, 어떻게든 넘버원 싱글인 나를 꺾으려고 하는 동료들과 매일같이 연습경기를 해야 한다는 것이었다. 체질적으로 경쟁을 싫어하는 내가 주중에는 19명이나 되는 팀원들과 시합을 하고, 주말에는 토너먼트 시합 때문에 경기에 나가야 했다. 일주일 내내 경쟁을 해야 했으니 스트레스가 얼마나 컸겠는가. 그런데다 나는 팀과 학교를 위해 복식경기 대신 단식경기만 뛰어야 했다. 벤치에 앉아 응원하면서 쉬고 싶은 날도 있었지만, 탑포지션이었기에 단 한 주도 쉴 수가 없었다. 그러니까 결국은 단 하루도 경쟁하지 않은 날이 없었던 것이다. 든든한 버팀목이었던 랑코니 선생님이 없었다면 견디기 힘든 시간이었다.

아무리 최선을 다하고 내내 잘했더라도 작은 실수 하나 때문에 승패가 갈리는 것이 스포츠다. 하지만 중요한 것은 결과가 아니라 내용이라는 생각은 여전히 변함없다. 내용이 좋았다면 나에겐 패배도 의미 있으니까 말이다. 이기고 지는 문제를 떠나서 잘하는 선수들과 경기를 한다는 것 자체가 나에게는 또 다른 즐거움이었고, 다른 학교의 최고 실력자들과 경기를 할 수 있다는 것만으로도 도전해볼 만한 가치가 있었다. 그리고 테니스를 통해 강건해진 정신력과 끈기는 공부에도 절대적으로 큰 도움이 되었다.

백악관 무대에 선 꼬마 바이올리니스트

내 방에는 지금도 작은 발 모양이 그려진 매트가 하나 있다. 네 살 때 또래 친구들 두세 명과 함께 바이올린 그룹 레슨을 받았는데, 그 매트는 연주할 때 올바른 자세를 유지하도록 도와주는 역할을 했다. 레슨을 받는 꼬마들은 행여나 발이 금에서 벗어날까 다리에 힘을 주고 서서 열심히 바이올린을 연주했다.

바이올린을 먼저 배운 것은 누나였다. 어린 내 눈에 바이올린은 작고 예쁜 악기였다. 활로 현을 켤 때마다 작은 몸통 속에서 나는 소리도 정말이지 신기했다. 누나가 켜는 바이올린에 내가 관심을 보이자 어머니는 곧장 나를 집 근처 뮤직스쿨로 데려가셨다. 매

바이올린을 배우면서 음악으로 모두 하나가 되는 놀라운 경험을 했다.

일매일 레슨시간이 기다려질 정도로 나는 바이올린을 아주 좋아했다. 내가 재미있어 하고, 또 적극적으로 하려 드니까 선생님도 기특해하셨고 즐거워하셨다. 바이올린은 나뿐만이 아니라 다른 사람들까지도 기쁘게 한다는 것, 나는 그런 점이 좋았고 그래서 바이올린 레슨이 더욱 기다려졌다.

가족 빼고 제일 가까운 사람이 누구냐고 물어보면 나는 1초도 고민하지 않고 뮤직스쿨에 함께 다녔던 친구들과 선생님의 이름을 말할 것이다. 존경하는 음악 선생님인 해이그 선생님과는 아직도 가끔씩 만난다. 뉴헤이븐으로 오는 바람에 요즘은 전화로 안부를 전하는 정도이긴 하지만 말이다.

네 살 때부터 고등학교 때까지 함께 레퍼토리를 연습했던, 뮤직스쿨의 친구들 역시 두말할 것 없는 나의 베스트 프렌드들이다. 더불어 그들과의 월드투어 경험은 나로 하여금 세상을 보는 넓은 시야를 갖게 해주었다. 세상에 긍정적인 영향을 끼친다는 것이 어떤 의미를 지니는지 알게 해주었으며, 그럼으로써 세상을 더 따뜻한 시선으로 바라볼 수 있게 해주었다. 내가 꿈꾸는 나의 무대를 '세계'로 삼을 수 있게 했던 것은 바로 그때의 경험들이었다.

뮤직스쿨에 다닌 지 얼마 되지 않았을 때였다. 해이그 선생님이 어머니에게 "월드투어 그룹에 패트릭을 넣고 싶은데…"라며 제안을 하셨다. 어머니는 "디나가 부탁하던가요?"라고 되물었다. 해이그 선생님은 원래 누나의 바이올린 선생님이었기 때문이다.

"아닙니다. 단순히 디나의 동생이라서가 아니에요. 잘하니까요. 바이올린을 재미있어하고요. 억지로 하는 다른 아이들과는 달라요. 패트릭은 아직 어리고 시작한 지 얼마 안 되었으니까 쉬운 파트를 맡게 될 거예요."

어머니는 고민 끝에 결국 해이그 선생님의 제안을 받아들였다. 시카고의 '평화의 대사'로 유명한 '매지컬 스트링스 오브 유스'는 세 살부터 열여덟 살까지 40명의 아이들로 구성된 바이올린 연주그룹으로, 2년에 한 번씩 여름방학을 이용해 미국의 다른 주는 물론이고 대만, 홍콩, 싱가포르, 호주, 오스트리아, 이탈리아, 스페인, 러시아 등 세계 각지로 연주여행을 다녔다. 나로서는 좀더 일찍, 좀더 넓은 세상을 접할 수 있는 좋은 기회였다.

시카고에는 이와 같은 연주그룹이 여러 개 있다. 그중에서도 매지컬 스트링스 오브 유스는 동양인 아이들이 많은 그룹이었으며, 연주 경험이 별로 없는 내가 월드투어 그룹에 낄 수 있었던 것은 나이와 실력에 따라 연주하는 파트가 달랐기 때문이었다. 덕분에 나는 이탈리아 교황청의 초대를 받아 베네딕토 16세 교황님 앞에서 연주하는 영광을 누리기도 했고, 백악관에서도 네 살 때와 열두 살 때 연주를 했었다. 2000년에는 대한민국 국회에 초청받기도 했다. 2008년 제헌 60주년 기념 '자랑스런 한국인상' 시상식에 참석하기 위해서 두 번째로 국회에 갔을 때 이만섭 전 국회의장님이 그때의 나를 기억해주셔서 기분 좋았던 기억이 있다.

처음 백악관에 갔을 때를 떠올려보면, 보안검색대에서 직원에게 바이올린 케이스를 검사당한 일이 생각난다. 당황스럽다기보다는 겁이 났다. 그 보안검색대 직원은 네 살짜리가 들고 있는 자기 몸집만 한 바이올린 케이스 속에 대체 무엇이 들어 있을 거라고 생각했을까? 그때 클린턴 대통령의 딸인 첼시 클린턴과 사진도 찍었다. 그리고 두 번째로 백악관을 방문했을 때는 부시 대통령 가족이

키우는 강아지 '바니'를 발견하기도 했다.

이토록 수많은 공연 중 가장 인상 깊었던 공연은, 뉴욕에 있는 링컨센터에서의 공연이었다. 우리는 '빌 코스비 쇼Bill Cosby's TV show'의 '키즈 세이 더 단디스트 씽즈Kids Say the Darndest Things'라는 코너에 출연하게 되었다. 그곳에서 나는 바닥에 드러누워 연주하는 퍼포먼스를 선보였다. TV에서 그 모습을 본 학교 친구들은 "바이올린을 누워서 연주했다며?" 하면서 신기한 눈으로 나를 쳐다봤다. 부끄럽게도 졸지에 유명인사가 된 것이다. 사실 훌라후프를 돌리면서 연주하거나 팔을 뒤로 돌려 연주한 아이들에 비하면 그다지 어려운 퍼포먼스는 아니었다. 게다가 다른 아이들과 반대방향으로 눕는 바람에 해이그 선생님이 무대 위로 급히 뛰어올라와 내 몸을 180도 돌려주는 해프닝까지 있었다.

이처럼 매지컬 스트링스 오브 유스는 나에게 더 큰 세계, 더 넓은 무대를 경험하게 해주었다. 나는 각기 다른 문화와 전통을 가진 사람들이 모차르트나 멘델스존의 음악을 듣고 똑같이 감동하는 모습을 보면서 음악이야말로 인류의 보편적인 언어라는 사실에 놀랐다. 인종과 언어를 뛰어넘어 사람들과 소통하고 공동체를 이룬다는 느낌은 나를 흥분시키기에 충분했다.

모든 처음은 다 두렵다, 하지만 처음이 없으면 지금도 없다

앞서도 이야기했듯이 미국의 학교 시스템은 중학교에 들어가면 해야 할 공부가 비약적으로 늘어나기 때문에 초등학교 때부터 해온 이런저런 스포츠와 과외활동을 계속하기에는 무리가 있다. 그래서 해보고 싶은 것은 가급적 초등학교 때 다 해보자는 게 내 생각이었다.

합창단 활동을 한 것은 초등학교 3학년 때부터 5학년 때까지였는데, 하나를 하더라도 제대로 하는 게 낫다고 충고하는 사람도 있었지만 나름대로 다 재밌고 신나는 경험이었기 때문에 별로 후회하지 않는다.

배링턴 어린이 성가대의 단장인 크로포드Crawford 선생님으로부터 오디션 제의를 받았을 때도 그랬다. 나는 '이것도 재밌겠는데!' 하는 즐거운 마음으로 그 제안에 응했고 오디션에 합격했다. 다른 사람들과 화음을 맞춰 노래를 한다는 것은 언제나 그렇듯이 꽤 흥분되는 일이었다. 그런데 어느 날, 내 흥분을 두려움으로 바꾸는 사건이 일어났다.

"패트릭, 할 수 있겠어?"

"네?"

성가대에 들어간 뒤 처음 서게 된 공연 때였다. 단장님이 대기실 안으로 뛰어 들어와 다급히 나를 찾았다. 시카고에 있는 대형 콘서트홀의 대기실이었다. 난생 처음 서보는 엄청나게 큰 무대였고, 난생 처음 보는 엄청나게 많은 사람들이 무대를 주목하고 있었다. 잔뜩 긴장한 나는, 주변이 워낙 시끄러워서 단장님이 뭐라고 하시는지 제대로 알아듣지도 못하고 일단 고개를 끄덕였다.

'근데, 뭘 할 수 있겠냐는 거였지?'

잠시 후 제정신이 돌아온 것은 누군가가 "괜찮겠어?" 하며 내 어깨를 두드렸을 때였다. 갑자기 심장이 터질 듯이 뛰기 시작했다.

'으악! 내가 왜 하겠다고 했을까. 못하겠다고 했으면 다른 사람을 시켰을 텐데. 이제 와서 못하겠다고 할 수도 없고….'

단장님이 나에게 '할 수 있겠느냐?'고 물었던 것은 다름 아닌 '독창'이었다. 누군가에게는 대형 콘서트홀에서의 독창이 가문을 빛

낼 영광스러운 기회일지도 모르겠지만, 나는 그런 무대가 처음이었고 부끄러움도 많이 타는 초등학생이었다. 그저 사람들과 화음을 맞춰가며 노래를 부르는 것 자체가 좋아서 합창단 활동을 하는 것이었는데, 첫 공연부터 나보고 독창을 하라고? 이럴 수가!

나는 대기실 안을 왔다갔다하며 고민했다. '내가 왜 하겠다고 했지? 실수하면 어떡하지? 망신당하고 싶지 않은데…. 지금이라도 못하겠다고 할까?' 첫 공연에서부터 솔로라니, 반대편 문을 박차고 나가 어디론가 숨어버리고 싶은 마음이었다. 그런데 문득 이런 생각이 들었다.

'지금 여기서 고민해봐야 달라질 것도 없잖아? 그리고 이 상황은 테니스 코트에 선 것과 똑같아.'

도망치지 않는 이상 홀로 무대에 서야 하는 상황 자체는 변하지 않는다. 나는 걸음을 멈추고 심호흡을 하며 쿵쾅거리는 마음을 진정시켰다.

"패트릭! 지금이야!"

잠시 후 단장님의 목소리가 들려왔다. 나는 천천히 무대 쪽으로 걸음을 옮겼다.

'관객이 한 명도 없다고 생각하자. 아무도 없는 곳에서 나 혼자 노래를 부른다고 생각하자.'

무슨 정신으로 노래를 불렀는지 모르겠다. 어쨌거나 노래를 마치자 잠시 정적이 흐르는가 싶더니 우레 같은 박수소리가 쏟아졌다. 그제야 사람들의 모습이 눈에 보이기 시작했다. 놀라운 경험이었다. 똑같은 상황이라도 마음먹기에 따라 달라질 수 있다는 사실을 나는 그때 처음으로 깨달았다.

일어나지 않은 일에 대한 막연한 불안은 마음만 불편하게 할 뿐 실제로는 아무짝에도 쓸모가 없다. 닥치면 다 한다! 우리에게 필요한 것은 '준비'지 '조바심'이 아니다. 세상에는 수많은 변수들이 존재한다. 모든 일은 결국 직접 겪어봐야 알 수 있다. 게다가 진짜 어려운 시험은 언제나 예고 없이 닥치기 마련이다. 그리고 그때 더 많은 기회가 찾아오는 법이다. 만약 두려움이나 망설임 때문에 그 시험을 회피해 버린다면 결국 남는 건 후회뿐이다. 그런 것은 이미 유치원 때 겪었던 어떤 작은 사건 때문에 잘 알고 있었다.

유치원 때 '미친 모자 콘테스트'라는 것이 있었다. 가장 특이하고 가장 창의적인 모자를 만들어 쓰고 온 사람을 뽑아 상을 주는 이벤트였다. 콘테스트 전날, 어머니와 나는 거실 바닥에 앉아 밤늦게까지 낑낑대며 모자를 만들었고, 시카고 불스의 까만 모자는 엄청나게 많은 깃털과 반짝이, 술이 달린 괴상한 보사로 다시 태어났다.

그런데 문제가 생겼다. 그 '물건'(물건이라고밖에 달리 표현할 수 없었다)을 보는 순간 제일 먼저 든 생각이 '나보고 이걸 쓰라고?'였다는 것. 그 바보같은 걸 쓴 내 모습은 상상만으로도 얼굴이 화끈거릴 지경이었다. 콘테스트 날 아침, 나는 결국 어머니께 이렇게 말하고 말았다.

"안 쓸래요."

울먹이는 얼굴로 고개를 젓고 있는 내게 어머니는 괜찮다고, 멋지다고, 네가 일등이라고 하면서 어떻게든 그 모자를 들려 보내려고 애쓰셨다. 그러나 나는 끝끝내 그 모자를 쓰지 않았다. 억지로 들고 가기는 했지만 너무나 창피해서 도저히 쓸 수가 없었다. 교실 한쪽에 처박아둔 그것을 보고 선생님이 "이건 누구 거야?" 하고 물어보셨을 때도 고개를 돌리지 않고 모른 척했다. 보다 못한 선생님이 화난 목소리로 나를 다그친 것 같기도 한데 어쨌거나 나는 끝까지 모자를 쓰지 않았다.

집으로 돌아온 나는 펑펑 울면서 두 번 다시 모자 따위는 쓰지 않겠다고 했다. 어머니는 안 써도 되니까 울지 말라면서 얼굴을 닦아주시고 내가 좋아하는 간식을 주셨다. 그날의 소동은 그렇게 막을 내렸다.

그날 누가 어떤 괴상한 모자로 상을 받았는지는 전혀 기억나지 않는다. 다만 나를 위해 늦은 시간까지 모자를 만들어준 어머니께 죄송하고 감사한 마음은 지금까지도 여전히 남아 있다. '한 번이라도 그 모자를 썼더라면 미안함이 덜했을 텐데…' 하는 미련과 함께 말이다. 그래서 요즘도 내키지 않는 일을 해야 하거나, 한 번도 해보지 않은 일에 도전을 해야 할 때면 미친 모자 콘테스트를 떠올린다. 남들의 시선을 의식하거나 혹은 알량한 자존심을 지키기 위해 시도조차 하지 않는다는 것은 우리의 삶에서 얼마나 많은 기회를 빼앗아가 버리는가? 얼마나 큰 후회를 안기는가!

남들의 시선을 의식하거나
혹은 알량한 자존심을
지키기 위해 시도조차 하지
않는다는 것은 우리의 삶에서
얼마나 많은 기회를
빼앗아가버리는가!

일리노이 주를 주름잡은 '스타 논객'의 탄생

테니스 시즌이 끝나고 가을학기가 되면(9월부터 이듬해 2월까지) 나는 설레는 마음으로 금요일 오후가 되기를 기다리곤 했다. 다름 아닌 디베이트 대회 때문이었다.

미국의 고등학교에는 디베이트라는 과외활동이 있다. 하나의 주제를 가지고 한 팀은 찬성, 한 팀은 반대의 편에서 논쟁을 하는 일종의 토론대회다. 나는 '링컨-더글러스 디베이트Lincoln-Douglas Debate' 소속이었는데, 1858년 대통령 후보 경선 당시 공화당 소속인 A. 링컨과 민주당 소속인 S. 더글러스가 노예제도의 존폐를 놓고 벌였던 유명한 토론에서 따온 이름이었다. 이처럼 미국은 역사적으로도 토론문화가 잘 발달되어 있는데, 버락 오바마 대통령 역시 고등학교 시절부터 스타 논객으로 명성을 떨쳤다고 한다.

디베이트는 대체로 이렇게 진행된다.

1) 교실 앞쪽에 나란히 놓인 두 개의 교탁 앞으로 찬성 팀 발제자 1명과 반대 팀 발제자 1명이 나온다. 교실 뒤쪽에는 심사관이 앉아 있다.
2) 본 경기의 심사관은 1명이다. 그러나 파이널 경기의 심사관은 3~5명으로 구성되고, 경기의 규모가 클수록 심사관의 수는 많아진다. 토론주제는 두 달에 한 번씩 바뀐다.
3) 각 팀의 발제자는 심사관을 바라보고, 논쟁을 벌일 상대에게 던질 질문들을 한 가지씩 항목별로 이야기한다. 이때 심사관은 발제자들의 질문내용을 노트에 적어두고, 논쟁이 시작되면 평가 자료로 활용한다. 발제자들은 언제나 상대가 아닌 심사관을 보면서 이야기해야 한다.
4) 1라운드는 45분이고, 발제자는 발제문을 10분간 낭독한 후에 상대와 35분 동안 논쟁을 벌인다. 보통 7~8번의 라운드를 거치게 되며, 승패는 마지막에 심사관이 결정한다.
5) 각 학교에서 시작된 디베이트 시합은 지역, 도시, 주 토너먼트로 우승팀이 결정될 때까지 계속해서 이어진다.

우리는 두 달에 한 번씩 새로운 주제(대부분 윤리, 인권, 철학에 관한 것이었다)에 대해 긍정적인 측면(찬성)과 부정적인 측면(반대) 모두를 고민해야 했다. 디베이트 시합은 일대일 방식으로 치러졌고, 발제문의 내용도 중요했지만, 상대의 공격적인 반론에 대해 어떻게 반박하느냐가 훨씬 더 중요했다. 그래서 임기응변능력과 순발력을 키워야 하고, 빠르고 정확하게 말하는 연습 역시 소홀히 할 수 없었다. 처음에는 긴장도 많이 하고 여러모로 부족한 게 많았는데, 시합이 거듭될수록 내적으로나, 외적으로나 한 단계씩 성장하는 듯한 느낌을 받았다. 그때 연습한 '주장의 체계화'와 '균형 잡힌 사고'는 대학생이 된 지금도 유용하게 써먹고 있는 생각의 기술이다.

학교대회와 달리 지역, 도시별 대항의 디베이트 대회장의 분위기는 상당히 경쟁적이고 때로는 살벌하기까지 했으며, 과도하게 전투적인 친구들도 종종 만날 수 있었다. 하지만 나는 디베이트 역시 승부에 집착하기보다는 재미에 집착했다. 매주 금요일이 되면 나와 친구들은 수업이 끝나자마자 우르르 학교를 빠져나와 차를 타고 디베이트 대회장으로 향했다. 하버드대나 에모리대 주최로 열리는 대회를 제외하면 대부분 자동차로 갈 수 있는 거리였다. 뉴욕에 있는 컬럼비아대나 스탠퍼드대에서도 대회가 열렸는데, 우리는 그 지역에서 금요일, 토요일을 묵고, 일요일 저녁에 집에 돌아왔다. 주변의 간섭으로부터 벗어날 수 있는, 일종의 해방구와도 같은 신나는 여행이었다. 디베이트도 디베이트지만 집을 떠나서 친구들과 장거리 드라이브를 즐길 수 있는 기회라는 사실 때문에 더욱 대회를 좋아했던 것 같다.

토론의 승패를 압박이나 부담으로 느끼지는 않았지만, 그렇다고 대충대충 하지는 않았다. 대회 전날 밤새워 자료를 조사하고, 달리는 자동차 안에서 시간에 쫓기며 정신없이 발제문을 작성할 때도 많았다. 그래도 친구들과 함께 무언가를 열정적으로 만들어가면서 성취하는 일 자체가 너무나 즐거웠기에 그러한 급박한 상황조차도 흥미진진하기만 했다.

사실 디베이트를 준비할 때는 항상 막판에 초인적인 집중력을 발휘해야만 했다. 평소에는 학교 숙제가 워낙 많아서 토론주제에 대한 자료조사라든가 우리 측의 주장을 정리해서 발제문을 쓰는 것처럼 시간이 많이 걸리는 일은 할 수가 없었다. 그래서 토론대회 전날 밤새워 자료를 찾고 타이핑하기 일쑤였다. 그래도 끝내지 못했을 때는 토론회장으로 가는 차 안에서까지 매달려야 했다. 토론대회는 보통 다른 주로 건너가서 하는 경우가 많아 차를 타고 이동하는 시간이 길었기에, 차 안에서 마무리를 하고 호텔에 도착해 문서를 출력하곤 했던 것이다.

어떤 때는 도착하자마자 첫 라운드가 열리는 바람에 프린트도 못하고 대충 손으로 쓴 것을 가지고 가서 읽곤 했다. 어쩔 수 없이 막판에 휘몰아치듯 준비하곤 했지만, 그래도 나는 그런 긴박한 준비과정과 손에 땀을 쥐게 하는 즉흥적인 공격과 수비가 좋았다.

대회의 규모와 중요도에 따라 심사위원들이 달랐는데, 큰 대회의 경우에는 선생님들, 혹은 토론 경험이 있는 똑똑한 대학생 형들이 심사위원을 맡았다. 반면 작은 대회인 경우는 동네 아주머니들과 할머니들이 아들딸, 손자손녀를 응원도 할 겸 심사위원으로 나올 때도 있었다.

그런 경우에는 논쟁거리가 무엇인지도 중요하지만, 청중에 대한 분석을 통해 그분들에게 어떻게 하면 잘 보일 수 있는지, 어떻게 프레젠테이션을 해야 설득할 수 있을지 고민하는 것도 중요했다. 그래서 말도 더 천천히 또박또박 하고, 표정도 좀더 부드럽고 자연스럽게 연출하면서 바디랭귀지를 많이 써가며 친근하게 보이려고 노력했다.

결국 승패는 누가 더 많은 청중을 설득하느냐에 달렸다. 큰 대회에서는 논쟁을 중점적으로 심사했기 때문에 참가자들은 더 빨리 더 많은 말을 하려고 애쓴다. 하지만 작은 대회에서는 일단 청중에게 자신을 어떻게 보여줄지 고민한다. 나의 경우 할머니 심사위원단 앞에서는 준비해간 자료조차도 읽지 않고 그냥 천천히 알아듣기 쉬우시도록 큰 소리로 말했다. 청중에 따라 말하는 법을 어떻게 바꿔야 하는지 연구하게 된 좋은 훈련이었다.

그때 내가 배운 것은 이것이다. 듣는 사람이 내 얘기를 가장 쉽고 빠르게 이해하고 공감하게 하려면 내가 그 사람이 되어보아야 한다는 사실이다. 그래야만 어투나 말의 빠르기, 목소리 톤 등을 제대로 연습할 수 있다. 내가 아무리 말을 잘해도, 상대방이 제대로 못 알아듣는다면 아무 소용없는 것 아닌가. 그래서 나는 토론주제에 대한 주장과 반박거리를 준비하는 것과 함께 청중에 대한 분석도 잊지 않았다.

덕분에 토론 팀 회장을 맡을 당시, 이기고 지는 건 그때그때 달랐지만 '스피커Speaker 상'은 꽤 자주 타곤 했다. 스피커 상은 승패를 떠나서 '말을 얼마나 조리 있게 잘했느냐'를 판단해서 주는 상이었는데, 토론에서 졌을 때도 스피커상을 탈 때가 많았다. 청중을 배려하기 위해 노력한 것이 효과가 있었던 셈이다.

한번은 스탠퍼드대에서 열린 토론캠프에 가게 되었다. 고등학교 2학년(10학년)을 마친 뒤였는데, 3주 동안 진행되는 캠프였다. 나는 가장 높은 단계의 그룹에 소속되어 있었는데, 함께 참여한 그룹 멤버들을 보니까 갑자기 자신감이 없어지면서 새삼스럽게 '내가 어쩌다 여기에 들어오게 됐지?' 하는 생각까지 들었다. 사실 나는 그냥 재미로 지원했었고, 뽑히리란 기대도 안 했는데 캠프에 초대받은 것이라서 더욱 그랬다.

그 대회에 참가한 아이들은 다들 검은 양복을 쫙 빼입고, 무슨 일이든 '지고는 못 사는' 것 같아 보였다. 주눅이 들었달까, 나와는 너무 동떨어진 세계에 사는 아이들 같기만 해서 처음에는 그 친구들과 쉽게 친해질 수가 없었다.

하지만 토론을 더 잘하고 싶었고 좀더 수준 높은 리서치와 논쟁을 배우고 싶어서 갔던 대회였던 까닭에, 쟁쟁한 경쟁자들 사이에서도 여러 가지로 많은 것을 느끼고 깨달았다. 그래서 그런지 처음에 가졌던 두려움이나 걱정과는 달리 아주 흥미로운 캠프였다. 그곳의 토론 선생님들은 고등학교 때 토론 팀 활동을 했던 대학생 형들이었는데, 나이 차이가 많이 나지 않아서 그런지 진짜 옆집 형처럼 세심하게 잘 가르쳐주었다.

'토론에만 전념하자'고 결심했기 때문인지 처음에 가졌던 불안감과 두려움은 시간이 지나면서 차츰 사라지기 시작했다. 당시 내 마음속의 모토는 '에라 모르겠다. 할까 말까 망설이지 말고 그냥 하자!'였는데, 그 결심 덕분이었던 것 같다. 똑똑하고 말 잘하는 경쟁자들로 둘러싸여 있다고 해서 기죽을 필요도 없고 그럴 이유도 없다고, 그냥 그렇게 편하게 생각하다 보니 저절로 해결되는 문제였다. 그리고 두려움이 사라진 자리에는 대신 자신감이 찼다. 스스로 극복할 수 있을 정도라면 두려움을 느끼는 것도 나쁜 것만은 아니구나 하는 것을 느꼈다.

2007년, 마침내 우리 팀은 일리노이 주를 대표하는 디베이트 팀으로 선정되었다. 15명에 불과했던 팀원의 수도 어느덧 30명으로 늘었다. 유명세를 탄 덕분이다. 그리고 나는 '일리노이 주를 대표하는 3명의 최고 연사들' 가운데 1명으로 뽑혔고, NFLNational Forensics League(전미토론연맹) 회장에 당선되기도 했다. 그해 말에는 팀의 주장으로서 파이널 라운드까지 진출하기도 했다.

하고 싶은 일에 한계를 정할 필요는 없다

고등학교 3학년(11학년)의 어느 날 학교 게시판에서 뮤지컬 오디션 포스터를 보았다. 그 순간 중학교 때의 기억이 새록새록 돋아났다. 중학교 때 나는 연극반에서 활동했었는데 3학년(8학년) 때는 처음으로 주연을 맡기도 했다. 미친 영화감독과 배우들의 소동을 그린 코미디였는데, 서로의 얼굴에 파이를 던지며 난장판을 벌이기도 하고(관객들한테까지 파이가 튀었다), 파이로 범벅이 된 옷을 5분 만에 갈아입고 나와서 연기를 계속해야 했던 연극이었다. 정신은 하나도 없었지만 한편으로는 정말이지 신나고 즐거운 무대였다. 처음에는 비중이 작은 '50년 전 미국 가정의 양자' 역부터 주인공인 '미친 영

뮤지컬은 내게 설레고 흥분되는 도전이었다.

화감독'까지 했었는데, 나에게 있어 연극은 또 하나의 놀랍고 신나는 세계였다.

그러나 막상 고등학생이 되자 시간이 부족했다. 공부할 내용과 과제의 양이 급격히 늘어났기 때문에 테니스, 바이올린, 봉사활동, 학생회 활동, 디베이트를 제외한 나머지 과외활동은 모두 중단해야 했다. 그래서 연극은 그만두었는데, 뮤지컬 오디션 포스터를 보자 다시 가슴이 마구 뛰기 시작했다. 뮤지컬은 꼭 한번 해보고 싶은 것이 아니었던가!

이런저런 고민이 머릿속에서 좌르르 펼쳐졌지만, 나는 '에라,

모르겠다!' 하고 뮤지컬 오디션에 지원서를 내고야 말았다. 때는 고등학교 3학년이 끝나갈 무렵이라 마지막 학년(12학년)을 앞두고 있었으므로 그 오디션 역시 마지막 기회였다. 지금이 아니면 영원히 기회가 없다는 생각이 드니 더더욱 해보고 싶었다. 대학입시와 관련된 활동은 거의 마무리되었고 한숨 돌려도 좋을 때였지만, 남은 시간을 그냥 흘려보내기는 싫었다.

굵은 글씨로 '써롤리 모던 밀리Thoroughly Modern Millie'라 쓰여 있는 파란색 소포가 날아온 것은 고등학교 3학년이 끝나가던 어느 여름날이었다. 나는 방으로 뛰어올라가 떨리는 손으로 소포를 뜯어보았다. 뮤지컬 대본과 악보책이었다.

곧장 침대에 걸터앉아 대본을 읽기 시작했다. 주인공인 '지미 스미스'의 캐릭터가 눈에 쏙 들어 왔다. 그는 내가 갖고 싶어 하는 세 가지 특성인 '부유함, 원만함, 상냥함'을 모두 지닌 남자였다. 악보책을 펼쳐 그가 극중에서 부르는 'What do I need with love'라는 노래를 찾아보았다. 가사만큼이나 멜로디도 재미있는 곡이었다. 그렇게 오디션에서 부를 노래는 쉽게 결정되었다.

어떻게 하면 오디션에 합격할 수 있을까, 고민하다가 합창단을 찾아갔다. 노래를 좋아하긴 했지만 뮤지컬은 발성법 자체가 일반적인 노래와는 완전히 달랐다. 기왕에 하기로 마음먹은 거니까 제대로 한번 불러보고 싶었다. 춤과 연기는 이웃에 사는 친구인 리즈Riz가 도와주기로 했다. 리즈는 뮤지컬을 해왔던 친구라서, 뮤지컬에 있어서 만큼은 대선배나 다름없었다.

얼마 후 여름방학이 시작되었고 리즈와 나는 예습 삼아 예일대로 뮤지컬을 보러 갔다. 재미있는 것은 그날 리즈에게 "나도 저런 무대에서 한번 연기해보고 싶어"라고 얘기했었는데 실제로 예일대에 입학하게 되었을 뿐 아니라 바로 그 뮤지컬을 하게 되었다는 사실이다. 이처럼 내가 진정으로 기뻤을 때는 시험에서 만점을 받거나 전 과목이 A인 성적표를 받아들었을 때가 아니라, 상상만 했던 일을 실제로 이루었을 때였다. 꿈이 현실이 되는 순간 말이다.

드디어 오디션 보는 날. 새벽 4시까지 화장실에서 노래를 연습한 나는 퉁퉁 부은 눈으로 오디션장에 갔고, 저마다 긴장한 듯 콧노래를 흥얼거리고 있는 지원자들을 둘러보았다. 대기하고 있는 사람은 30명쯤 되는 듯했는데, 아는 얼굴은 하나도 없었다.

"여학생들부터 시작하겠습니다."

오디션은 곧바로 시작되었다. 눈을 감고 준비한 노래를 차분히 떠올려보았다. 매일매일 리즈와 함께 밤늦게까지 노래와 춤과 연기를 연습해온 나였다. 이미 나는 '지미 스미스'가 되어 있었다.

드디어 남학생 오디션이 시작되었고 잠시 후 내 이름을 부르는 소리가 들렸다. 잠시 패트릭으로 돌아온 나는 천천히 피아노 앞에 앉았다. 그리고 다시 지미 스미스가 되어 신명나게 건반을 두드리며 노래를 불렀다. 1차 합격자 명단을 확인하고, 2차 오디션 통보를 받았을 때는 좀더 자신감이 붙었다. 3시간 동안 계속된 연기 테스트도 큰 어려움 없이, 만족스럽게 치러냈다. 애초에 정한 목표는 주인공인 '지미 스미스' 역이었지만 그가 아니라도 좋았다. 노래를 부르고 연기를 할 수 있다는 것, 내가 꿈꾸던 분야에 도전한다는 사실 자체만으로도 충분히 즐거웠으니까 말이다.

그런데 최종 합격자를 발표하는 날, 나는 하필 뉴욕에 가야 했다. 웬디스 하이스쿨 하이즈먼 어워드 시상식 때문이었다. 게다가 하이즈먼 시상식과 관련된 일들로 경황이 없어서 뮤지컬 오디션에 대해서는 까맣게 잊고 있었다. 정신이 든 것은 시상식이 끝나고 뉴욕의 호텔 방으로 돌아온 다음이었다. 침대에 누워 있는데 머리맡에 둔 휴대전화가 부르르 떨렸다. '뭐지?' 하고 머리 위로 손을 뻗어 휴대전화를 열어보니, 리즈가 보낸 문자 메시지였다.

"지미 스미스야!"

처음엔 이게 무슨 소린가 했다. 하지만 곧 리즈에게 부탁해둔 일이 떠올랐다. 뉴욕에 가기 전에 나는 리즈에게 오디션 결과가 발표되면 연락을 해달라고 부탁해두었던 것이다. 웬디스 하이스쿨 하이즈먼 어워드의 내셔널 파이널리스트 12명에는 들었지만 최종 1인으로는 뽑히지 못했기 때문에 약간 의기소침해져 있던 나는 순식간에 기분이 바뀌어서 침대 위를 껑충껑충 뛰어다녔다. 남자주인공인 지미 스미스 역을 내가 맡게 되었다니!

미국 아이들은 대부분 어렸을 적부터 운동은 물론 댄스나 발레, 악기 연주 같은 과외활동을 시작한다. 적어도 하나 이상은 제대로 할 줄 아는 데다 수준급의 실력을 자랑하는 아이들도 많다. 뮤지컬 배역을 따내기도 어렵지만, 주연이 되기는 더더욱 어렵다는 얘기다. 그러나 내가 진심으로 기뻤던 것은, 따내기 어려운 주연을 맡게 되었다는 사실이 아니었다. 내가 할까 말까 망설이거나 주저하지 않았다는 것, 하고 싶은 일에 과감하게 뛰어들어 기회를 붙잡았다는 것이 너무나 기뻤다. 나 스스로 기회를 만들어서 좋은 결과까지 냈다는 성취감은 말로 표현할 수 없을 만큼 짜릿했다.

그날 이후 나는 2개월 반 동안 춤추고 노래하며 꿈같은 시간을 보냈다. 소박한 꿈이었지만, 내가 가진 꿈을 현실로 만든다는 것은 정말이지 신나는 일이 아닐 수 없었다.

솔직히 뮤지컬 오디션에 지원서를 낼 때만 해도 지미 스미스 역까지는 기대도 하지 않았다. 캐릭터가 나와는 정반대였을 뿐만 아니라(지미 스미스는 무척 쾌활하고 밝다) 무엇보다 나는 까만 머리의 동양인이다. 중학교 때 첫 번째 연극 무대에서 나는 머리카락이 까맣다는 이유로 원작과는 다르게 친자가 아닌 '입양된 아들' 역할을 연기해야 했다. 그래서 결과가 발표되기 전까지만 해도 나에게 주인공 지미 스미스는 그저 희망사항일 뿐이었다.

하지만 나는 오디션을 통과했고 당당히 주연을 맡았다. 이로 인해 내가 절실히 깨닫게 된 것은 '하고 싶은 일에 한계를 정해놓을 필요는 없다'는 것이었다. 이래서 못하고 저래서 안 된다고, 이 핑계 저 핑계 늘어놓는다면 그 일은 진정으로 하고 싶은 일이 아닌지도 모른다. 검은 머리도 노란 머리들의 무대에서 주연이 될 수 있었다. 진짜로 하고 싶은 일이라면 용기를 가지고 지금 당장 시작하면 된다. 어쨌든 지금 이 순간이 가장 빠른 때이며, 생각만으로는 결코 아무것도 이룰 수가 없으니까!

오디션 합격 소식을 들은 것이 12월이고 공연은 이듬해 2월이었다. 시간이 얼마 남지 않은 상황에서 솔직히 말하면 춤도, 노래도, 연기도, 무대에 올릴 만한 것은 하나도 없었다. 하고 있던 다른 활동에 지장을 주지 않고 뮤지컬 연습을 하려면 최대한 타이트하게 스케줄을 짜고 거기에 맞게 부지런히 움직여야 했다. 그럼에도 불구하고 연습시간에 늦어 다른 친구들이 이미 연습을 시작했을 때 부랴부랴 메이크업을 하고 연습실에 들어간 적도 많았다.

부모님은 내가 뮤지컬 연습을 하고 있는지도 모르셨다. 내가 뮤지컬 준비를 해왔다는 사실을 부모님이 알게 된 것은 첫 번째 리허설 때였다. 일부러 감추려고 한 것은 아니었는데, 어느 정도 보여줄 만한 상태가 되었을 때 말씀드리고 싶었다.

리허설에서 나는 말 그대로 신나게 무대를 누비고 다녔다. 반짝이는 의상과 화려한 조명, 아름다운 음악…. 200번도 넘게 대본을 읽었는데도 무대는 매번 새롭고 놀라웠다. 똑같은 장면도 늘 느낌이 달랐다. 공연연습을 하면서 느낀 재미는 바로 그러한 것들이었다.

그런데 공연준비가 막바지에 이르렀던 어느 날, 갑자기 '이건 좀 아닌데…' 하는 회의가 몰려왔다. 상대역과의 호흡도 유난히 잘 맞고 다른 배우들의 연기도 좋았으며 리허설도 성공적이었던 어느 날이었다. 나는 극장의 불이 다 꺼질 때까지 멍하니 객석에 앉아 있었다. 왠지 지미 스미스가 되고자 하는 나의 갈망이 막다른 골목에 다다른 듯했다. 나와 지미 스미스가 따로 논다는 느낌이랄까? 지미 스미스로 분하는 과정 어딘가에 무언가 중요한게 빠져 있다는 생각이 들었다. 그러나 그것이 무엇인지 정확히 알 수가 없었고 그래서 더욱 혼란스럽기만 했다.

"제가 연기하는 지미 스미스는, 제가 생각하는 지미 스미스가 아닌 것 같아요. 지미 스미스로 완벽하게 변신할 수 있는 방법은 없을까요?"

고민 끝에 주변 사람들에게 조언을 구해보았다. 가장 귀중한 충고를 해준 사람은 역시 감독님이었다.

"억지로 지미 스미스가 되려고 하지 마. 너는 너니까. 내가 보고 싶은 것은 패트릭인 동시에 지미 스미스야. 둘은 다른 사람이자 같은 사람이지. 괜히 지미 스미스를 흉내 내려고 하지 않았으면 좋겠다."

그 순간 한줄기 섬광이 뇌리를 스쳤다. 1920년대 사람인 지미 스미스, 잘나가는 억만장자 지미 스미스가 내 안으로 쑤욱 들어오는가 싶더니 펄떡펄떡 뛰기 시작했다. 두근거리는 심장박동이 마치 지미의 노래처럼 들려왔다.

첫 공연 날. 나는 분장실 거울 앞에 앉아 거의 500g쯤 되는 파운 데이션을 얼굴에 바르고, 헤어젤을 덩어리째 머리에 바르면서, 공연 연습을 위해 바쳐온 토요일 밤들과 두 달 넘게 계속된 연습, 한밤중에 친구들과 먹을것을 싸들고 극장으로 가서 연습한 일 등, 그동안의 사건들을 하나하나 떠올려보았다. 생각해보면 참으로 긴 여정이었다. 공연은 아직 시작도 하지 않았는데 벌써 아쉬움이 밀려왔다.

"지미, 준비해!"

감독님의 목소리가 들렸다. 자리에서 일어나 무대를 향했다. 걸음을 옮길 때마다 객석의 열기가 조금씩 전해져왔다. 공연이 끝나고 받게 될 기립박수를 상상하자 기분 좋은 예감이 온몸을 휘감았다. 나는 지미 스미스인 동시에 패트릭, 패트릭인 동시에 지미 스미스다. 지미 스미스가 된 나 자신을 발견했고, 새로 태어나는 기쁨을 느꼈다. 그렇게 사흘 동안 계속된 세 차례의 공연은 찰나의 순간처럼 빠르게 지나갔다. 학창시절의 가장 빛나는 날들도 박수갈채와 함께 눈부시게 흘러갔다.

얼마 전 나는 제인 오스틴의 소설을 각색한 '오만과 편견'이라는 뮤지컬을 끝냈다. 예일대에 와서 두 학기를 보내는 동안 두 편의 뮤지컬을 했으니 고등학교 때 했던 '써롤리 모던 밀리'는 예고편이었던 셈이다.

앞으로 내가 어떤 일을 하게 될지, 어떤 사람이 될지는 아직 모르겠지만, 남들이 좋다고 하는 대로 무언가를 정해놓고 가는 삶은 재미가 없을 것 같다. 이 세상에는 내가 모르는 흥미진진한 일들이 훨씬 더 많을 텐데 누구와 비교하느라 그것들의 즐거움을 놓치고 산다는 건 너무 가혹한 일 아닐까? 그리고 만약 내가 하고 싶은 것을 선택한다면 그것이 무엇이 되었든 잘해 나갈 수 있으리라고 굳게 믿는다. 중요한 것은 그것이다. 나는 내 삶에 자신이 있다는 것.

대학교 1학년 때 NBC 방송국에서 인턴으로 잠깐 일한 적이 있다. 할 줄 아는 게 별로 없는 인턴에게 복잡하고 중요한 일이 주어질리 없고, 단순한 일들만 하면 되니까 당연히 시간이 많이 남았다. 나는 남는 시간에 무얼 할까 고민하다 방송국을 돌아다니며 사람들에게 말을 걸기 시작했다. 명함이 있는 사람들한테는 명함을 받았고, 명함이 없는 사람들한테는 냅킨이나 메모지 같은 것을 건네며 이름과 연락처를 적어달라고 했다. 그런 식으로 약 3시간 동안, 3년 가까이 그곳에서 일한 그 어떤 인턴보다도 더 많은 사람을 알게 됐다. 내가 말을 건 사람들은 모두 친절했고, 내가 건네는 인사를 반갑게 받아주었다. 방해가 된다고 귀찮아한 사람은 단 한 명도 없었다.

내 방의 한쪽 벽면은 누군가의 명함과 신상명세가 적힌 냅킨, 메모지 등으로 빈틈없이 도배가 되어 있다. 훗날 그들에게 연락할 일은 아마도 거의 없을 것이다. 게다가 나중에는 '이 사람이 누구지?' 하는 경우가 더 많아질 게 분명하다. 하지만 나는 언젠가 그것들이 나에게 더 많은 기회를 줄 것이라 믿는다.

뮤지컬 공연과 겹쳐 어머니가 내 대신 AACCAsian American Coalition of Chicago 상을 수상하러 갔을 때였다. 시상식은 대개 토요일에 있었는데, 주말에는 반드시 내가 직접 해야 하는 일이 많았으므로 내가 없어도 되는 시상식에는 선생님과 부모님이 대신 가주셨다. 시상식 두세 개가 겹칠 때도 많았고, 시상식에 참석하지 못해 수상에서 제외된 일도 있었다.

어쨌든 그날도 나는 어머니께 시상식장에서 만나게 될 앵커들에게 내 명함과 편지를 전해달라고 부탁했다. 그리고 실제로 그때 인연이 닿은 CNN 기자 분의 부탁으로 CNN 웹 사이트에 '해리포터'

에 관한 칼럼을 게재하기도 했다.

사실 정보는 주변에 널려 있고, 조언을 해줄 사람도 많다. 그러나 손을 뻗지 않으면 보이지도 잡히지도 않는다. 당연히 내 것으로 만들 수도 없다. 나는 배링턴 고등학교의 경비원인 레니Lenny 아저씨와도 많은 대화를 나누었다. 수업 후에 선생님들을 붙잡고 대화를 나눈 것도 같은 이유에서였다.

자신의 삶을 통째로 놓고 바라보면 공부나 학점 이외에 다른 것들도 보인다. 나를 향해 손짓하는 다양한 기회들이 눈에 들어온다는 뜻이다. '나에게는 왜 기회가 오지 않는 거지?' 하고 불평하기 전에 '나에게 기회를 달라!'고 손을 번쩍 들고 큰 소리로 외쳐본 적 있는가. 기회가 없다고 투덜거리기 전에 그걸 먼저 생각해볼 일이다.

물론 공부만 하기에도 벅찬, 또 자신의 의지대로 삶을 선택할 수 없는 상황에 처한 친구들에게는 내 이야기가 좀 사치스럽게 들릴지도 모르겠다. 그러나 같은 상황도 생각하기에 따라선 얼마든지 다르게 볼 수 있고, 또 정말 뚜렷한 확신만 있다면 숨 막히는 상황도 자신의 의지에 따라 헤쳐 나갈 수 있다고 본다.

어쩌면 나 역시 지금껏 도전해온 많은 일들이 10년 후 나의 커리어와 전혀 무관할 수도 있다. 하지만 나는 나 자신이 즐길 수 있는 일을 할 수 있다는 사실 자체만으로도 너무 행복하다. 그래서 한 가지에만 지나치게 몰두하는 사람들을 보면, 이 세상에는 다른 것도 많다고 말해주고 싶다. 세상에는 사람을 만나고 직접 경험하며 부딪쳐 봐야만 알 수 있는 여러 가지 감정들이 있다. 두려움과 행복, 우울하고 기쁜 감정들, 모험심이나 성취감 등, 인생의 커다란 한 부분을 놓치고 지나간다는 건 어쩐지 좀 억울한 일 아닐까?

몸소 경험해볼 수 있는 일이라면 어떤 일이든 다 가치가 있다고 생각한다. 그것을 경험이 아니라 '탐험'이라고 불러도 좋다. 탐험가는 자신의 직감을 믿고 자신이 느끼는 것이 진실이라는 사실을 안다. 나 역시 직감을 믿고 따라가길 좋아해서, 연극을 하고 싶으면 연극 팀을 찾아가고, 노래를 하고 싶으면 아카펠라 팀을 찾아간다. 망설일 이유가 없다. 그걸 왜 해야 하는가 하는 특별한 이유 따위는 없어도 되고 몰라도 된다. '하고 싶다'는 자신의 느낌을 믿고 따르지 않으면 아무런 결정을 내릴 수 없고, 그러면 탐험도 계속할 수가 없다. 마음이 하는 얘길 믿고 따르는 것, 삶이라는 탐험을 계속해서 신나게 해내는 방법은 그것밖에 없는 것 같다.

세상에 '나'를 소리치다

나는 아주 다양한 일에 도전해왔다. 그것은 내가 세상을 배우는 과정인 동시에, 세상에 '나'를 소리치는 일이기도 했다. 특히 다양한 봉사활동 경험은 세상에 긍정적인 영향을 끼치는 일에 대해 진지하게 고민하는 계기가 되었다.

내가 생각하는 인생은 아직 어떻게 될지 아무도 모르는 빈 노트 일곱 권이다. 흥미진진한 스토리가 얼마든지 펼쳐질 수 있는 가능성이 가득한데, 아직 시작도 해보지 않고 처음부터 지레 포기하고, '못 한다,' '안 된다' 핑계만 찾아서는 될 일도 안 된다. 나는 무엇을 하든 '그 일' 자체를 진심으로 좋아하고 즐겨야만 그것을 가장 잘할 수 있다고 믿는다.

현재 내가 하고 있는 일들과 과거에 했던 일들이 미래의 목표와 직업, 직장 등에 어떤 영향을 끼칠지는 잘 모르겠다. 하지만 한 가지 확실한 것은 있다. 적어도 훗날 지금 이 시간들을 후회하지는 않을 것이라는 것. 왜냐하면 나는 내 인생이라는 일곱 권짜리 소설을 내 의지대로, 내가 좋아하는 얘기들로 가득 채워가는 중이기 때문이다. 나는 오늘도 세상과 소통하며 조금이라도 '도움'이 되는 사람이 되고자, 새로운 소재를 발굴하고 있다.

함께 나누는
기쁨을 깨닫다

방학이 끝나고 예일대로 돌아가기 위해 시카고 공항에서 비행기를 기다리고 있는데 옆에서 누가 "나 기억해?" 하고 물어왔다. 돌아보니 베스트 버디즈Best Buddies 활동을 할 때 만났던 지적 장애인 친구였다. 아직 학생인 나와 달리 그는 이미 공항에 취직해서 일을 하는 어엿한 사회인이었다.

베스트 버디즈는 장애인 친구와 함께 어울리는 과외활동이다. 장애인 시설 같은 곳에 찾아가 봉사활동을 하는 게 아니라 함께 학교에 다니고 있는 장애인 친구 1명당 비장애인 친구 5명 정도가 붙어, 같이 볼링도 치고 생일파티도 하고 영화도 보면서, 말 그대로 함께 노는 활동이었다. 베스트 버디즈 주최로 열리는 큰 파티에는 다른 학교 아이들까지 오기도 했다.

서로 간의 보이지 않는 마음의 벽도 쉽게 허물 수 있고, 상대적으로 기회가 부족한 장애인 친구들에게 좀더 많은 경험의 기회를 제공할 수 있다는 점에서 나는 이 활동이 의미 있다고 생각했다. 그런데 지금 와서 생각해보면 그 친구에게 뭔가 도움을 주었다기보다는 오히려 내가 배운 게 훨씬 많았던 것 같다.

내가 봉사활동을 시작한 것은 중학교 때부터다. 지역사회의 행사를 돕는 일에서부터 수영장 안전요원까지, 이런저런 재미있는 일을 많이 했다. 세상을 알아가는 좋은 경험이 되었을 뿐만 아니라, 하면 할수록 '어떻게 하면 세상에 긍정적인 영향을 미칠 수 있을까?'를 깊이 고민하게 되었다.

고등학교 때부터는 본격적으로 다양한 분야의 봉사활동을 할 수 있었는데, 그중 대표적인 것이 병원 봉사활동과 바이올린 연주 봉사활동이었다. 처음에는 실내 오케스트라단에 같이 속해 있던 몇몇 친구들과 현악 4중주단을 만들어서 레퍼토리를 연습한 후 지역사회 행사장이나 모금행사에서 무료로 연주하는 활동을 시작했다. 그러던 어느 날 누나의 권유로 부활절 행사 때 동네 양로원에 연주 봉사를 하러 가게 되었고, 꽤 오랫동안 그곳과 인연을 맺고 봉사활동을 하게 되었다.

그 양로원에서 내가 한 일은 일주일에 한 번씩 할머니, 할아버지들과 함께 저녁식사를 하고, 휴게실에 있는 무대에서 바이올린을 연주하거나 피아노를 치는 일이었다. 할머니, 할아버지들과 대화를 나누면서 말벗이 되어드리기도 하고, 일손이 부족하면 입구의 안내데스크에서 방문객을 안내하거나 사무실에서 서류정리를 도와드리기도 했다. 양로원 매니저의 부탁으로 양로원과 연결되어 있는 병원에서 봉사활동을 병행하기도 했는데, 나중에는 병원에서 일하는 시간이 더 많아져서 300시간은 병원에서, 100시간은 양로원에서 활동했다. 한 달에 25시간 정도를 주로 주말에 활동했는데 테니스 시합이 없는 토요일에는 밤 9시까지 병원에 있었다.

사실 병원 봉사활동은 자칫 지루할 수도 있는 일이었다. 할 줄 아는 게 별로 없으니까 어렵거나 중요한 일이 주어질 리도 없고 바쁘게 움직일 필요도 없다. 내 스케줄은 보통 9시까지였는데 병원 사람들과 이런저런 이야기를 하다 보면 더 늦게까지 남아 있기 일쑤였다. 그때는 운전면허가 없을 때라서 어머니가 데리러 오시곤 했는데, 수다쟁이 아들 덕분에 어머니는 주차장에서 기다리다 잠든 적도 많으셨다고 한다. 그래도 나는 병원 사람들과 얘기하는 게 좋았다. 세상에 대해 더 많은 것을 배울 수 있었기 때문이었다.

2004년 여름부터는 우리 동네에 있는 굿 셰퍼드 병원 응급실에서 본격적인 봉사활동을 시작했다. 내가 주로 했던 일은 응급실에 들어오는 환자들을 친절하게 맞이하고, 환자들이 의사를 만나기 전에 그들에 관한 기본 정보를 컴퓨터에 입력하고 필요한 서류들을 신속하게 작성하도록 돕는 일이었다.

나에게 봉사활동이 주는 의미는 감사나 우정을 주고받는 것 같은 인간적인 부분에 있다. 누군가에게 긍정적인 영향을 끼칠 수 있고, 도움을 주고받는 과정에서 함께 느끼는 일체감이랄까? 그런 상호작용으로 인해 더 많은 사람들과 더 큰 기쁨을 공유하게 되는 것 같다 . 결국 그런 것이 세상에 긍정적인 영향을 끼칠 수 있는 좋은 기회가 된다. 또한 봉사활동을 하면서 사람들과의 관계를 확장시키다 보면 다른 세계를 향한 많은 문을 갖게 되는 듯해서 기분이 좋다. 세상에 대한 더 큰 그림을 그릴 수 있다는 점도 나에게는 너무나 설레고 즐거운 일이었다.

학교공부나 테니스 같은 과외활동, 봉사활동 이외에 다른 활동들을 통해서 세상을 탐험할 기회를 찾기도 했다. 고등학교 4학년(12학년)때는 '미크바 챌린지 포 시빅 인볼브먼트Mikva Challenge for Civic Involvement'라는 단체에 가입했는데(이것은 내가 다니던 고등학교에서 만들어진 단체다), 이 단체는 연방의회 지역구 선거와 관련해 고등학생들이 정치에 참여하는 시발점이 되었다고 할 수 있다. 우리는 비록 고등학생이긴 했지만, 민주당의 멜리사 비인Melissa Bein 후보와 공화당의 데이비드 맥스위니David Mcsweeney 후보를 초청해서 TV 토론회를 진행하기도 했다.

또한 〈시카고 트리뷴〉 지가 두 후보를 모두 초청해 열었던 편집국 회의에 같이 참석해 후보들을 직접 만나기도 했다. 그 과정을 지켜 보면서 내가 마치 신문기자라도 된 것처럼 열심히 메모했던 기억도 있다. 그런 직접적인 경험을 통해서 사회와 정치, 그리고 민주주의의 현실을 엿볼 수 있었다.

게다가 운 좋게도 미크바 챌린지 활동은 시카고 '유니온 리그 클럽Union League Club(미국 전역에 펴져 있는 지역사회 클럽)'에서 주관하는 '데모크라시 인 액션 어워드Democracy in Action Award'라는 상을 받게 된 결정적인 계기가 되기도했다. 이 상은 민주 사회발전에 공헌한 젊은이에게 수여되는 상이었는데, 이 상의 수상자에게 주어지는 특전으로 시카고 다운타운에서 열린 한 행사에 참석해서 존 매케인 상원의원을 만났고, 그날 그를 비롯한 수백 명의 청중들 앞에서 연설까지 했다.

그리고 미크바 챌린지 활동과 함께 선거가 있을 때마다 선거참관인으로 자원봉사를 하러 갔다. 버락 오바마 상원의원이 지역주민들과 대화하기 위해 배링턴 고등학교에서 타운미팅을 했을 때, 나는 그에게 우리 학교에 와주어서 고맙다는 내용의 개인적인 감사

편지를 써서 보낸 적이 있는데 몇 주 후 답장을 받기도 했다.

그밖에도 '앰네스티 인터내셔널과' 같은 국제기구에서의 활동은 국제관계를 폭넓게 이해할 수 있도록 시야를 넓혀주었다. 내가 세계에 긍정적인 영향을 끼치기 위해 구체적으로 무엇을 해야 하는지 생각하게 해준 좋은 기회들이었다.

세상을 바꾸고 싶다는 꿈을 꾸다, 남아공에서의 4주

여러 가지 봉사활동 중에서도 가장 기억에 남는 것은, 고등학교 졸업과 예일대 입학 사이인 2007년 7월에 한 달간 남아프리카공화국에서 했던 '히어로 유스 앰배서더Hero Youth Ambassador' 활동이었다.

남아프리카공화국에 도착한 후 25명의 유스 앰배서더 친구들은 우선 한자리에 모여 어떤 봉사활동을 어떻게 할지 스케줄을 짰다. 2주씩 두 지역에서 총 4주간 봉사활동을 펼쳐야 했고, 모든 일정은 오롯이 우리 스스로 짜야 했다.

우리는 팀을 둘로 나누어서 한 팀은 남아공에, 다른 한 팀은 나미비아에 가기로 했다. 나는 남아공 팀에 속해 히메빌에 있는 시네구구 초등학교로 출발했다. 시네구구 초등학교는 산 속에 있는 학교였는데 숙소에서도 30~40분 정도 버스를 타고 들어가야 했다. 너무 좁은 데다 길은 포장도 안 되어 있어서 어떤 구간은 모두 버스에서 내려 걸어가야만 했다.

우리의 임무는 다섯 가지였다. 첫째 선생님을 도와 아이들을 가르칠 것, 둘째 부엌을 만들 것, 셋째 아이들과 놀아줄 것, 넷째 아이들을 위해 밥을 지어줄 것, 다섯째 학적부로 쓸 ID파일을 만들어줄 것 등이었다. 4주라는 시간 동안 그 작업들을 모두 다 완수해야 했다. 특히 교실과 부엌을 짓는 일은 건축장비나 기계의 도움 없이 직접 해내야 했기 때문에 아무리 생각해도 시간이 빠듯했다.

시네구구 초등학교에는 4명의 선생님이 있었는데, 환경이 너무 열악하다 보니 마음처럼 많은 것을 충분히 가르칠 수가 없었다. 게다가 건물 하나에 교실은 하나뿐인데, 아이들은 1학년부터 6학년까지 다 합쳐서 100명이나 되었다. 물론 모든 학년이 함께 수업을 하는 것은 아니었지만 아이들이 많아서 시끄러울 수밖에 없었고, 선생님 4명이 컨트롤하기에는 확실히 벅찬 인원이었다. 정부에서 선생님들에게 봉급을 지불하고는 있지만, 여섯 학년을 모두 가르치기에는 시간도 에너지도 과부하가 걸린 것처럼 보였다. 게다가 하루 일과가 끝나도 아이들에게 다음 끼니를 먹일 수 있을지 모를 정도로 급식 사정이 비참했다. 정부의 지원금이 나오긴 했지만 금

액이 너무 적어서 아이 1명 당 하루에 한 끼를 먹일 수 있는 정도였다. 그곳의 아이들은 그 한 끼를 먹으려고 학교에 가는 것이나 다름없었다.

그런데 이렇게 비참한 상황 속에서도 아이들은 나보다 더 큰 에너지와 열정, 긍정적인 마인드를 가지고 있었다. 그 상황에서 그렇게 밝고 반듯하게 자라고 있다는 즐거운 놀라움이 무색하게도, 그들에게는 다른 선택의 여지가 없었다. 사람의 꿈이나 이상은 경험치의 범위 안에서 제약을 받기 마련인데 이 아이들은 가난 때문에 꿈꿀 기회마저 박탈당한다는 사실에 놀라움과 분노가 함께 일었다. 뭔가 직접적인 도움을 주고 싶다는 생각이 간절해졌다.

한 가지 희망적인 것은, 수없이 많은 기회를 빼앗겼어도 배움은 여전히 계속되고 있다는 사실이었다. 그곳 아이들이 고등학교나 대학을 졸업한다고 해서 먹고살 직장을 구한다는 보장도 없었지만, 지역 사회는 여전히 아이들이 학교에 다니도록 독려했다. 수 킬로미터를 걸어서 학교에 가야 하고 졸업 후에도 전망이 희박한 그 나라에서, 교육이라는 가치가 국가의 주요 원동력이 되고 있다는 사실은 분명했다. 열악한 환경 속에서도 가르치는 일에 열정을 보이는 선생님들의 모습을 보았을 때도 그런 감동을 느낄 수 있었다.

나는 모든 아이들의 학적부를 만들기로 했다. 그곳 아이들은 출생을 증명할 서류가 없었기 때문에 기록도 전무한 상태였다. 정부도 내가 제기한 문제를 인정했는지 아이들의 사진과 모든 기본 정보를 넣은 종합 파일을 만드는 일을 허락해주었다. 그 파일은 공적인 서류의 기반이 되어 진료기록, 학교 성적표 등을 모아 아이들 각자의 자료로 효력을 발휘했고, ID카드에는 아이들의 이름과 생년월일, 부모님의 이름 등이 기록됐다.

우리의 일정 가운데는 신체적, 정신적 지체장애를 가지고 있는 아이들과 함께 시간을 보내는 것도 있었다. 우리는 그들에게 꼭 필요한 특수학교에 대해 연구하고 토론했으며, 결론은 그들을 그에 적합한 학교로 보내기 위한 기금을 모금함으로써 또 다른 긍정적 유산을 남길 수 있을 것이라는 쪽으로 내려졌다.

그 외에도 여러 가지 활동을 했다. 우리는 계획대로 시네구구 초등학교 건물 안에 내부시설을 지었고, 부엌과 울타리, 그리고 놀이터도 만들었다. 시간이 날 때마다 열심히 학생들을 가르쳤고, 어떤 날은 발전기와 프로젝터를 들고 가서 아이들과 함께 영화도 보고 밤새 춤추고 노래도 불렀다. 그런 활동을 하면서 가졌던 나의 유일한 바람은, 우리가 하는 모든 일이 단순히 음식과 옷을 제공하는 것에서 끝나지 않고 그 이상으로 영향을 주었으면 하는 것이었다.

처음 그곳에 도착했을 때는 무엇을 어디서부터 시작해야 할지 막막하기만 했는데, 다행히 날이 갈수록 커지는 희망과 결의만큼이나 빠른 속도로 일이 진척되어갔다.

내가 그곳에서 경험했던 일들은 일상으로 돌아온 후에도 한참 동안 나에게 큰 영향을 주었다. 처음 해보는 망치질로 교실을 만들고 커다란 물통으로 물을 퍼다 나르면서, 그리고 아이들과 밥을 해 먹고 공을 차면서, 나는 나와 그 아이들 안에서 이루어질 진보와 성장의 무한한 가능성을 가늠해보았다. 그럴 때 느껴지는 떨림은 단순한 설렘 이상이었다.

게다가 나를 포함한 25명의 유스 앰배서더 친구들은 다양한 생각과 가치관을 가지고 있었고, 상상할 수 없을 만큼 에너제틱하고 열정적인 아이들이었다. 세상에 대한 그들의 애정과 관심은 그때까지 내가 보아왔던 친구들과 많은 부분에서 달랐다. 함께 줄루Zulu 족의 언어와 문화를 배우고 남아공 전통음식으로 끼니를 해결하면서 우리는 서로에게 배울 점이 많다는 사실을 알게 되었다.

그렇게 남아공에서의 4주는 생각했던 것보다 훨씬 빠르게 지나갔다. 일정의 마지막 날, 우리 그룹은 소외계층에서 자립하려고 애쓰는 사람들을 돕는 남아공의 자선기관 대표자와 이야기를 나누었다. 경제, 사회, 정치 세 분야에서 여성들의 자립능력을 키워준다는 것이 그들의 기본 취지였다. 그 여성 그룹은 지도자의 인도 하에 매주 한 번씩 만나고, 만날 때마다 1랜드(남아프리카공화국의 화폐 단위) 정도의 적은 액수를 공동기금에 넣는다고 했다. 자금이 필요한 여성은 이 기금을 빌려가되 나중에는 이자와 함께 원금을 갚아야 하며, 그 작은 사업은 여자들에게 가정을 돌보는 수단이 되고, 그들의 기금을 불어나게 하는 데 기여한다는 것이었다.

조금더 이해하기 쉽게 말하면, 남아공 1랜드는 미국 1달러의 1/7 정도여서 처음에는 각자가 매주 약 15센트를 저축하는 셈이 된다. 그러나 이런 사소한 실천은 시간의 흐름에 따라 결국 거대한 결과가 되어 돌아온다. 자금의 액수가 불어나면 불어날수록 자립 그룹은 지역 사회에서 더 큰 영향력을 행사하게 되고, 더 나은 학교 제도, 가정폭력에 대한 좀더 엄중한 단속, 그리고 다른 중요한 문제들에 대해서도 하나씩 타개해나갈 수 있는 해결책을 찾게 된다는 것이다.

문제는 업적만을 중시하는 형식적인 기부 같은 것이다. 그곳에서 몇 가지 안 좋은 모습을 볼 수 있었다. 하루이틀 있다가 돈만 주고 가는 사람들도 있었고, 전기가 들어오지 않는 곳에 전등을 기부하고 휑하니 가버린 회사도 있었다. 전등을 켜려면 전기세를 내야 하는데 그곳 사람들은 그럴 만한 형편이 못 된다는 사실을 정말 몰랐던 것일까? 켤 수도 없는 전등처럼 아무런 도움도 안 되고 의미도 없는 활동을 하고 가는 사람들은 오히려 그곳 사람들에게 상처만 남겼다.

미국으로 돌아온 후에도 남아공의 빈부격차에 대해 오랜 시간 공부했다. 근본적인 원인을 알고 싶었기 때문이다. 그리고 그곳에서 만난 유스 앰배서더 친구들과의 추억도 소중히 간직하고 있다. 각자 자라온 환경은 다르지만 우리가 함께 힘을 합쳐 그곳의 변화에 일조하고 돌아왔다는 사실은, 이제와 돌이켜보면 내게는 경이로운 사건이다.

한 달 동안의 특별한 경험을 통해서 나의 많은 부분이 바뀌었다. 세상에 긍정적인 영향을 끼치는 사람이 되고 싶다는 꿈을 좀더 구체화 시켜야겠다는 결심도 했다. 어쨌거나 우리가 해야 할 일들은 아직도 많이 남아 있고, 함께 고생했던 모두의 어깨에 공평하게 나누어서 짐을 얹게 되었다. 현재의 재난과 병폐의 원인을 찾기 위해 역사를 뒤져보는 것도 가치 있는 일이겠지만, 나는 터널 밖의 세계로 나오는 길을 탐색하는 것이 더 가치 있다고 생각한다. 지금 이 컴컴한 터널을 빠져나가면 눈을 멀게 할 정도로 밝은 빛이 우리를 기다리고 있을 테니까 말이다.

배움에 있어 우린 무엇도 두렵지 않다, 예일대 정신

배움에 있어 '사람'을 중시하는 내게, 예일대는 그야말로 무궁무진한 배움의 보고寶庫이다. 예일대에 입학한 이후, 하루하루가 감동의 연속이라고 해도 과언이 아닐 정도. 이렇게 뛰어난 사람들이 모두 어디서 나타난 건지, 학업에 특출한 친구부터 연기에 재능이 있는 친구, 뛰어난 노래 실력을 가진 친구들까지 다양한 인재의 종합선물세트를 보는 것 같은 기분이다.

명문대 학생이라고 하면 왠지 도서관에 콕 박혀서 책만 파고드는 공부벌레를 떠올리는 사람들이 많겠지만, 예일대의 학생들을 직접 만나고 나면 그것이 얼마나 그릇된 선입견이었는지 깨닫게 될 것이다. 어떤 친구들은 스포츠에 목숨을 건다. 수업이 끝나면 곧바로 운동장으로 달려가 연습을 하고, 밤에 기숙사에 돌아와 과제를 한 뒤, 새벽 4시에 다시 운동장으로 달려간다. 사람들과의 교류를 중시해 일주일에 몇 번씩 파티를 즐기는 친구도 있다. 파티라고 해서 흥청망청 먹고 마시는 파티는 아니다. 그들이 참석하는 파티는 다 같이 모여 식사를 하며 서로의 관심주제에 대해 다양하게 이야기를 나누고, 서로의 생각을 공유하는 자리이다. 도서관이 문을 열 때 들어가서 문을 닫을 때 나오는 친구도 있고, 뮤지컬에 빠져 큰 소리로 노래하며 캠퍼스를 배회하는 친구도 있다.

이렇게 다양한 친구들과 함께하다 보니, 내가 겪는 세상도 한층 다채로워졌다. 그들과 함께 영화를 보고, 운동을 하고, 여행을 다니고, 토론을 하면서 나는 지금까지 경험하지 못했던 새로운 세상을 배워 나가고 있는 중이다.

예일대에 입학해 본격적으로 스페인어를 배우기 시작한 것도 어쩌면 친구들 덕분인지도 모른다. 워낙 다양한 인종의 사람들이 모여 있다 보니, 새로운 언어를 접하게 될 기회도 많았는데 특히 스페인어가 나를 강렬히 사로잡았다.

언어를 배운다는 것은 새로운 세계를 여행하는 것과 같다. 단순히 단어를 외우고 문법을 공부하는 데서 그치는 것이 아니라, 그

호그와트 마법학교(!)를 연상케 하는 예일대 전경.

나라의 문화와 역사를 배우게 되니 말이다. 그들이 어떤 생각을 하는지, 어떤 것을 중요시하는지 등을 알지 못하면, 그 언어를 제대로 사용할 수 없기 때문에 스페인어를 시작한 이후부터 스페인의 역사와 문화, 사회에 대해 열심히 공부하고 있다.

물론, 새로운 무언가를 배우는 일이 즐겁기만 한 것은 아니다. 사실 두렵고 떨리는 감정이 더 크다. 하지만 늘 무언가에 도전하고 노력하고 성취해내는 친구들, 그렇게 자신의 인생을 스스로 개척해나 가고 만들어내는 친구들 옆에 있다 보니, 그 열정에 전염되어버린 모양이다. 무언가에 도전하지 않는 것은 '직무유기'라는 생각마저

들 정도다. 우린 아직 젊고 실패해도 다시 일어서 도전할 수 있는 체력과 시간이 있는데, 실패가 무섭고 좌절이 두려워 시도조차 하지 않는 건 너무 안타까운 일이라는 사실을 친구들을 통해 배우고 있다.

내게 새로운 세상을 보여주는 도구로는 '마스터스 티스Master's Teas'라는 행사도 빼놓을 수 없다. 예일대에서 매주 열리는 행사인데, 영화배우, 유명 가수, 요리사, 정치인, 저널리스트, 베스트셀러 작가 등 명사들을 초청해 강연을 듣고 대화를 나누는 자리다. 그들이 들려주는 삶은, 어떤 일이든 불가능은 없다는 사실을 내게 알려주었다. 예일대에 입학한 이후, 내 삶이 더욱 확장되고 깊어진 데 이 행사가 결정적 역할을 했다고도 할 수 있을 정도다.

하지만 무엇보다 이 행사가 특별한 점은 규모가 작다는 것이다. 일반적인 강연과 달리, 청중이 20~50명 정도에 불과하다. 덕분에 강연이 끝난 후 식사를 하면서, 강연자와 일대일로 대화를 나누는 일이 가능하다. 나는 늘 그 자리를 찾은 유명인에게, 내 인생을 어떻게 이끌어야 할지에 대해 물었고, 그들은 내게 현명한 조언을 들려주었다.

예일대만의 독특한 행사로 또 한 가지 꼽을 수 있는 것은 '벌거벗고 달리기'이다. 이름부터 괴상한 이 행사는, 내용은 더욱 괴상하다. 한 학기의 마지막 주, 모두가 기말시험을 공부하고 있을 때

100여 명의 참가자가 도서관에 간다. 그리고 발가벗은 채로, 공부하는 학생들에게 캔디를 던지며 도서관을 뛰어다닌다. 정말이지 괴상한 풍경 아닌가? 언뜻 그 의미를 이해하기 힘든 행사이지만, 이것은 예일대의 정신을 대표하는 행사이다.

'우리는 그 무엇도 두렵지 않다.'

그렇다. 우리는 배움과 도전에 있어, 창피함을 느끼지도 두려움을 느끼지도 않아야 한다는 정신을 '벌거벗고 달리기'를 통해 온몸으로 표현해내는 것이다.

"넌 동양인이니까 공부를 잘하지!"

"너는 동양인이니까 공부를 잘하지."

예일대에 와서 만난 몇몇 백인 아이들은 이런 고정관념을 가지고 있었다. 이 말의 속뜻은 '동양인은 머리가 좋다'가 아니라 '동양인은 머리만(!) 좋다'라는 것이다. 그래서 그런지 고등학교 때 내가 뮤지컬 주연을 맡았을 때도 주위 사람들은 "네가 진짜 주인공이라고?" 하고 여러 번 되묻곤 했다. 전혀 불가능한 일이 아닌데 '동양인 친구가 뮤지컬 주연을 맡았다니! 공부가 아니라 뮤지컬인데!' 하며 놀라는 것이다. 가까운 친구들조차 진심으로 놀라는 것을 보면서 살짝 섭섭하기도 했다.

한 가지 다행인 것은 한국인에 대한 차별이 그리 심하지 않다는 것이다. 예전에는 어땠는지 모르지만 최소한 내 경험에 의하면 그렇다. 물론 겉으로 보이는 모습이 그렇다는 얘기다. 내가 보기에 인종에 대한 편견 때문에 이유 없이 차별당하는 사람들은 동양인이 아니라 오히려 멕시코 사람들 같다. 일부 미국 사람들은 안 좋은 일이 생기면 자세히 알아보지도 않고 무조건 그들에게 책임을 돌리는데, 어떻게 보면 그것은 인종의 문제가 아니라 돈이 있느냐 없느냐에 대한 문제인 것 같기도 하다. 빈부의 격차에서 오는 차별이랄까? 인종보다는 '가난'이 더 문제가 되기 때문에 한국인들은 오히려 덕을 본 셈이다.

어쨌거나 그런 고정관념을 가진 사람들은 종종 내가 단지 까만 머리의 아시아계 학생이라는 이유로 나를 미리 판단하곤 한다. 그것이 경우에 따라 유리하게 작용하기도 하고 불리하게 작용하기도 하는데, 좋은쪽이든 나쁜쪽이든 그것을 현실로 받아들여야 할 때가 있다. 내가 입을 열기도 전에 나에 관한 어떤 것들을 지레 짐작하고 판단해버리는 사람들이 있다는 사실을 말이다.

공부 잘하는 아시아계 학생들 때문에 불이익을 받고 있다고 불평하는 미국인 친구들도 있다. 내가 다니는 예일대에도 그런 문제가 이슈로 떠오른 적이 있었다.

한국, 중국을 비롯한 아시아계 학생들이 공부 면에서 두각을 많이 나타내는 것은 사실이다. 특히 한국 학생들은 분명히 똑똑하고 우수한 두뇌집단으로 알려져 있고, 실제로도 나 역시 훌륭한 친구들을 많이 만났다.

하지만 공부만 잘하는 학생, 성적만 우수한 학생으로는 지덕체를 고루 중시하는 세계 무대에서 뒤처질 수밖에 없다. '공부만 잘한다'는 편파적인 시각을 극복하기 위해서는 미국인들과 동등한 위치에서 자신만의 특성을 개발하는 데 좀더 집중해야 한다. 그래야만 부정적인 고정관념을 긍정적인 재발견으로 역전시킬 수 있다. 내가 뮤지컬을 한다고 했을 때 친구들이 놀랐던 것처럼 '어? 공부만 잘하는 줄 알았는데 이런 것도 이렇게 탁월하다니!?' 하고 놀라게 해주자는 얘기다 .

다른 고정관념도 마찬가지다. 출신지역, 출신학교에 대한 고정관념이나 외모에 대한 편견 등 남들의 비뚤어진 시각이 나라는 사람의 존재를 규정해버리지 못하도록 자신의 장점과 개성을 더 멋지게 표현하고 자신감도 키워야 한다. 내 경우를 예로 들자면, '공부만 잘하는 아시아계 학생'이라는 고정관념은 오히려 나로 하여금 공부 이외의 것들을 더 열심히 하게 만드는 촉매가 되었다. 오기가 생겼다고 해야 하나? 덕분에 사람들은 내가 한국인이라는 사실보다는, 이제까지 내가 해온 활동경력과 인성, 세계관 등을 근거로 나

예일대 친구들과. 배움의 현장에선 피부색이 달라도 모두 동료이자 친구가 된다.

를 판단하기 시작했다.

영어가 유창하지 못하다는 이유 하나만으로 주눅 들어 있는 한국인 유학생들을 볼 때가 종종 있다. 어쩐지 그들은 자신이 한국인이므로 미국의 시스템을 누릴 만한 자격이 되지 않는다고 생각하는 것처럼 보이기도 한다. 그럴 필요가 전혀 없다고 생각한다. 영어를 잘하고 못하고는 미국이라는 환경을 누릴 자격이 있느냐 없느냐와 무관한 문제다. 자격지심이라는 얘기다.

진짜 문제는 형편없는 영어실력이 아니라 그런 자격지심을 갖고 있다는 사실이다. 그런 소심한 마음은 멀쩡히 잡을 수 있는 좋은 기회도 코앞에서 놓치게 만든다. 자기비하를 하면서 외적인 문제까지 자신의 내적인 문제로 착각하게 되고, 부정적이고 비관적인 태도를 취하게 된다. 사실은 그렇지 않은데도 잘못된 쪽은 '나'라고 생각하게 되는 것이다.

이러한 문제는 미국에 온 한국 사람들뿐만이 아니라 배움의 현장 에 있는 모든 사람에게 적용되는 문제라고 생각한다. 만약 자신이 배울 권리가 있다고 생각한다면, 자신을 '손님'이라고 생각하지 말아야 한다. 나의 행동이 다른 사람들에게 부담을 준다고 생각하지도 말아야 한다. 매사에 소심하게 굴거나 조심해야 한다는 생각도 버렸으면 좋겠다. 배움의 현장에 있는 사람이라면, 누구의 눈치도 볼 필요가 없다. 배우는 사람은 나 자신이고, 그 시간을 이끌어가는 주체도 바로 나이기 때문이다.

나는 '아직 끝나지 않은 소설' 이다

때로는 행복하고 때로는 행복하지 않을 때도 있지만, 나는 모르는 것, 새롭고 낯선 것으로부터 항상 즐거움과 행복을 찾으려고 한다. 가끔은 내가 현재 무엇을 하고 있는지, 무엇을 해야 하는지 몰라서, 불확실한 미래에 대해서 겁도 나고 불안하게 느껴질 때도 있다. 그런데 더 곰곰이 생각해보면 탐험을 할 수 있어서, 탐험할 시간이 있어서 행복하다는 생각도 든다.

고등학교를 졸업하고 대학에 온 이후로, 사실 경쟁의 강도가 이전과는 비교할 수 없을 정도로 치열해져서 더 고단해진 것이 사실이다. 전 세계에서 난다 긴다 하는 수재들이 모두 모여 있는 곳이어서 그런지 노력의 강도도, 열정의 온도도 사뭇 다르다. 더 많은 경쟁을 해야 하니까 더 힘들 때도 있고, 가끔은 두렵고 무기력하게 느껴질 때도 있다.

하지만 그럴 때도 포기하지 말고 더 열심히 해야 한다는 걸 알기에 마음을 다잡고 이겨내곤 한다. 살다 보면 벼랑 끝에 매달린 것 같은 암담한 순간도 있고, 끝없이 오르막길만 계속되는 것 같은 힘겨운 시간도 있다. 누구나 다 마찬가지일 거라고 생각한다. 나 역시 그럴 때는, 지금이 그런 순간이라고 생각하고 눈 딱 감고 버티자고 스스로를 다독인다.

미국 사람들은 개인주의로 똘똘 뭉쳐 있고 무엇이든 경쟁만을 좋아한다고 생각하지만, 그 속에는 분명 '팀워크'의 가치도 포함되어 있다. 나는 경쟁보다는 팀워크를 만들어가면서 함께 무언가를 해내는 일이 훨씬 좋다. 예일대에서의 생활도 마찬가지다. 아무리 경쟁이 치열하다고는 해도 이기주의로 똘똘 뭉친 괴팍한 천재들만 모여 있는 곳은 절대 아니다.

서로의 영역을 침범하지 않으면서도 합리적이고 효율적인 경쟁, 서로에게 좋은 자극을 주는 건설적이고 공정한 경쟁을 한다. 예일대 친구들도 똑같은 사람이다. 누군가의 도움을 받을 때도 있고 도움을 줄 때도 있으며, 자신의 직감대로 행동할 때도 있다. 그럴때도 함께 있는 사람들과의 조화를 깨지 않고 배려해가면서 행동한다.

어쨌거나 확실히 긴장의 강도가 높아졌다. 학교와 집을 오갔던 고등학교 때와는 달리 캠퍼스 안에서 숙식을 비롯한 모든 걸 해결하고 있어서인지 시간의 흐름을 잊을 때도 많다. 고등학교 때는 어차피 집에 돌아가야 하니까 '오늘은 여기까지만 하자' 하고 어느 정도 선을 그을 수 있었지만, 학교에서 사는 지금은 하루 24시간 전부를 쓸 수 있다는 생각에 오히려 선을 긋기가 어려워졌다.

가끔 저녁을 먹고 리포트를 쓰거나 공부한 것을 정리하기 시작하면 시간 가는 줄도 모르고 거기 푹 빠져버린다. 그리고 잠깐 고개를 들어보면 어느새 창밖이 훤하다. 다음 날이 된 것이다. 아마 하루가 48시간쯤 되어도 마찬가지일 것 같다. 이처럼 리포트 하나 때문에 몇 날 며칠씩 매달려야 할 때도 많지만, 그래도 고등학교 때보다 훨씬 깊이 있고 수준 높은 리포트를 쓰게 된 것 같아서 스스로 뿌듯해하고 있다. 결과물을 만들어가는 과정이 즐거우니까 빠져들지 않을 수가 없고, 빠져들면 못해낼 것도 없을 것 같다는 생각이 자주 든다.

공부의 깊이뿐만 아니라 기회 역시 예전과는 비교도 할 수 없을 만큼 많아졌고, 범위도 그만큼 넓어졌다. 고등학교 때까지가 예선전이 었다면, 대학은 확실히 본선에 진출한 것 같다고 느낄 때가 많다. 무림의 고수들이 다 모인 것 같다고나 할까? 긴장되는 순간이 훨씬 더 많아졌지만, 많은 것을 보고 듣고 배우고 공부하면서 이 세상에는 많은 기회가 존재하고 있다는 사실을 새삼스럽게 확인하게 된다는 점도 즐겁다. 물론 그 기회들을 모두 잡을 수 없다는 사실에 가끔 우울해질 때도 있다. 말 그대로 선택과 집중이 필요한 때가 온 것인가 하는 생각도 든다.

고등학교 때 친구들은 아직까지도 종종 나에게 "너는 천재니까…"라고 말한다. 하지만 이제까지 단 한 번도 나 스스로를 천재라고 생각해본 적은 없었다. 대부분의 사람들이 자기 자신을 천재라고 생각하지 않듯이 나도 마찬가지다.

대신 나는 항상 어떤 것이 나를 기분 좋게 하고, 어떤 것이 기분 나쁘게 할까를 생각한다. 천재든 아니든 무엇이 나에게 행복을 줄 수 있는지를 판단하는 것이 중요하다는 말이다. 그리고 자신을 불행하게 만드는 것이 있다면, 그것을 바꾸면 된다고 생각하며 살아왔다. 가끔은 나도 내가 무엇을 하고 있는지 모르겠고 두렵고 무서울 때도 있었다. 특히 대학에 처음 왔을 때는 너무 많은 것을 선택해야 하기 때문에 겁에 질릴 지경이었다.

공부든 운동이든 봉사활동이든, 내가 하는 모든 활동에 대해서 '왜 하는지'를 근본적으로 파고들어가다 보면, '지금 꼭 해야만 하는 것인가?'와 '정말 잘하고 싶은 것인가?'가 분명해진다. 그러면 자연스럽게 스스로가 설득이 되고, 내부적인 추진력이 생겨난다. 그런

동력은 쉽게 수그러들지 않고 무슨 일이든 열심히 하게 만든다.

여러 권짜리 만화책을 읽을 때, 한 권을 읽고 나면 다음 내용이 궁금해서 어서 다음 편이 나오기만을 기다린다. 묘한 설렘과 흥분으로 한 권 한 권 끝까지 다 읽고 나면 '아~, 이게 이런 내용이었구나!' 하고 스토리 전체를 파악할 수 있다.

나는 나의 일상이나 삶도 그런 식으로 생각하며 산다. 나는 '아직 끝나지 않은 소설'이라고 말이다. 그러니까 내가 2년 뒤에 테니스를 칠지 피아노를 칠지, 학교를 좋아할지 싫어할지, 친구를 많이 사귈지, 아니면 갑자기 지구 반대편으로 떠날지, 무엇을 하고 어떻게 변할지는 아무도 모른다. 하지만 내 인생이 일곱 권의 책이라고 생각해보면 정말 설렌다. 즐거운 일이든 슬픈 일이든, 지금 겪고 있는 모든 일이 내 인생의 중요한 복선이 될 거라는 것, 나중에 스토리를 이어갈 때 분명 쓸모가 있을 거라는 생각을 하면 더욱 그렇다.

판타지 소설 주인공처럼 앞으로 나에게 어떤 일이 일어날지 모르고, 내가 하는 일이 잘된다는 보장도 없다. 이쪽으로는 가도 되지만 저쪽으로는 가지 말라고 말해주는 매뉴얼이나 가이드도 없다. 하지만 아직 정해진 건 아무것도 없으니 스스로 써나가면 된다. 주어진 가이드라인이 있다 해도 상황에 따라 나의 판단과 선택이 이끄는 대로 스토리를 바꿀 수도 있다. 나에게 기쁨과 슬픔을 가져다줄 무언가를 스스로 선택함으로써 어떤 일을 성취하는 것이다. 인생은 그렇게 만들어가는 것이라고 생각한다.

그런 식으로 생각하면 괜히 남과 비교하거나, 남을 탓하거나, 주눅 들거나, 우물쭈물하며 망설이느라 기회를 놓치는 일은 생기지 않는다. 내가 써내려가는 '나'라는 주인공은 '영어만 잘했다면', '돈이 좀더 많았다면' 하고 핑계만 늘어놓는 찌질이(?)가 아니라, '영어를 잘 해야지', '나중에 이런 직장에 취직해야지', '돈을 많이 벌어야지' 하고 호방하게 미래에 꿈과 야망을 대입시키는 사람이다.

롤모델을 정해놓고 그의 삶의 이력을 그대로 따라가는 것이 좋다고는 해도, 꼭 그대로 해야 한다는 뜻이 아니다. 인생에 대해 이런 생각도 있고 저런 생각도 있다는 걸 배우는 것이다. 천재든 위인이든 그 사람이 어떤 결정을 했건, 그것을 응용하고 말고는 자신이 결정하면 된다. 그 결정은 결국 자신의 성격과 취향, 좋아하고 싫어하는 것을 가장 잘 아는 자신만이 할 수 있다.

내가 생각하는 인생은 아직 어떻게 될지 아무도 모르는 빈 노트 일곱 권이다. 흥미진진한 스토리가 얼마든지 펼쳐질 수 있는 가능성이 가득한데, 아직 시작도 해보지 않고 처음부터 지레 포기하고, '못 한다', '안 된다' 핑계만 찾아서는 될 일도 안 된다.

나는 무엇을 하든 '그 일' 자체를 진심으로 좋아하고 즐겨야만 그것을 가장 잘할 수 있다고 믿는다. 현재 내가 하고 있는 일들과 과거에 했던 일들이 미래의 목표와 직업, 직장 등에 어떤 영향을 끼칠지는 잘 모르겠다. 하지만 한 가지 확실한 것은 있다. 적어도 훗날 지금 이 시간들을 후회하지는 않을 것이라는 것.

왜냐하면 나는 아직, 내 인생이라는 일곱 권짜리 소설을 내 의지대로, 내가 좋아하는 얘기들로 가득 채워가는 중이기 때문이다.

내가 생각하는 나의 인생은
'아직 끝나지 않은 소설'이다.
나는 여전히,
내 인생이라는 일곱 권짜리
소설을 내 의지대로,
내가 좋아하는 얘기들로
가득 채워가는 중이다.

내가 세운 나의 원칙, 나의 기준으로 살아간다

지금까지 나의 이야기를 통해 여러분이 원했던 답을 찾았는지 모르겠다. 누군가는 답을 구했을 것이고, 누군가는 아무것도 얻지 못했을지 모른다. 내 이야기에 공감하고 맞장구를 친 사람도 있을 테고, 이상적이고 모범적인 이야기만 늘어놓는다며 짜증을 낸 사람도 있을 것이다. 내 모든 이야기를 '잘난 척'으로 받아들인 사람도 있을 수 있겠다.

결국 선택과 반응은 여러분 각자의 몫이다. 하지만 이것 하나만 기억해주었으면 좋겠다. 자신이 세운 원칙, 자신의 기준으로 살아가자는 것. 내가 공부는 내 인생에 대한 예의라고 말하고, 공부를 하는 이유에 대해 고민해보자고 이야기했던 것은 결국 '내 삶의 주인은 나'여야 한다는 사실을 공유하고 싶었기 때문이다.

어렸을 때는 본보기로 삼았던 사람들이 꽤 많았다. 테니스의 황제 피트 샘프라스Pete Sampras도 롤모델이었고, 대통령이나 유명 인사들도 선망의 대상이었다. 하지만 현재는 누구라고 꼬집어 말하기 힘들다. 알면 알수록 세상에는 대단한 사람들이 많고, 이곳 예일대에서 만난 친구들 중에도 본받고 싶고 부러운 친구들이 상당히 많기 때문이다.

내가 세상에서 제일 부러워하는 사람은 자기가 하고 싶은 일이 무엇인지 발견하고 그 일에 대해서 이해하고 있는 사람들이다. 그런 사람들은 구체적인 목표를 향해 부지런히 달려가고 있기 때문이다. 나는 아직 나 자신을 더 나은 사람으로 만들기 위해 무공을 갈고닦는 중이지만, 특정한 롤모델은 없더라도 지키고 싶은 나만의 기준과 원칙은 있다.

새로운 일을 앞두면 누구나 두려움을 느낀다. 두렵지 않다면 도전할 만한 가치가 없는 일인지도 모른다. 언제나 쉽고 편한 일, 좋아하는 일만 할 수는 없는 법. 나 역시 내가 잘하고 좋아하는 바이올린과 테니스만 할 수 없다는 걸 잘 안다. 낯설고 생소한 것에 도전한다는 것은 무섭고 두려운 게 당연하지만, 해보지 않고는 성공할지 실패할지 아무도 알 수 없다. 내가 좋아하는 말은 '가능성에 깃들어 살라Dwell in possibilities'라는 말인데, 이 말처럼 조금이라도 가능성이 보인다면 무엇이든지 시도해야 한다고 생각한다. 새로운 사람을 만나거나 새로운 것을 배우고 새로운 경험을 해볼 수 있는 모든 기회를 잡으라는 말이다.

내가 세운 내 기준에 도달할 때까지 노력하는 것과 더불어 한 가지 원칙이 더 있다. 그것은 다름 아닌 균형과 겸손이다. 학년이 올라가고 주위로부터 주목받는 일이 점점 더 많아지면서, 가족을 비롯한 주변 사람들의 지나친 관심이 종종 균형 있는 사고를 방해할 때도 있었다. 내가 최고라는 생각에 도취되거나 자만에 빠질 뻔했던 시기도 있었다. 그래서 '오만해지면 노력하지 않을 것이고, 노력하지 않으면 발전할 수 없다'는 말을 스스로에게 끊임없이 되뇌곤 했다.

어떤 분야에서든 이 세상에서 나보다 뛰어난 사람은 반드시 존재하기 마련이다. 누구보다 잘한다거나 낫다는 말을 듣는 정도로 만족해서 안주한다면, 더 이상의 발전은 없다. 칭찬과 격려는 무척 감사하지만, 그렇다고 해서 무조건 좋아할 일만은 아니다. 실제 능력이나 수준은 그렇지 않은데 남들의 칭찬에 우쭐해서 실제보다 크게 부풀려 생각하면 정신도 해이해지고 생활도 나태해진다. 칭찬이나 격려는 일종의 조미료와 같아서, 맛이나 향 따위를 먹기 좋게 바꿔줄 수는 있지만 그 음식의 본질을 바꿀수는 없다. 향신료를 뿌린다고 닭고기가 쇠고기가 될 수 없는 것과 같은 이치다.

같은 의미에서 질투와 무관심까지도 비판적으로 수용해야 한다고 생각한다. 나는 다른 사람들이 나를 어떻게 보든 내 기준에 따라 묵묵히 나의 길을 걸어왔고 앞으로도 그럴 생각이다. 자신감이 생기는 지점은 새로운 일에 대한 도전이 생각보다 어렵지 않다는 사실을 스스로 깨닫게 되면서부터라고 생각한다.

나 역시 아직은 무엇으로 꽃피울지 모르는 나의 원대한 가능성에 깃들어 살고 있는 중이다.

트레이드마크가 된 나의 빨간 배낭 속에는 지난 12년간 그래왔던 것처럼 커다란 노트와 각종 필기도구, 포스트잇 뭉치가 들어 있다. 새로 추가된 것이 있다면 PDA와 노트북, 녹음기 정도다. 그리고 오늘도 나는 편안한 셔츠에 청바지, 그리고 슬리퍼 차림으로 발바닥에 불이 나도록 예일대 교정을 누비고 있다.

"우리는 그저 살려고 태어난 것이 아니다.
의미 있는 인생을 만들려고 태어난 것이다."

_헬리스 브릿지스Helice Bridges, 미국의 저술가

저자소개

이형진

(영어이름 PATRICK G. LEE)

SAT·ACT 만점, 아이비리그 9개 대학 동시 합격, 전미全美 최고의 고교생을 뽑는 '웬디스 하이스쿨 하이즈먼 어워드' 아시아인 최초 수상, <USA 투데이> 주최 '올해의 고교생 20명' 선정, 존 매케인 장학금 수여 등, 화려한 프로필로 세계를 놀라게 한 공부지존! 2008년에는 최연소로 '자랑스런 한국인상'을 수상하며 화제가 되기도 했다.
부모님이 결혼 직후 이민을 가면서 미국에서 태어나고 자란 재미교포 2세이지만, 치즈보다 고추장을 좋아하는 뼛속까지 토종 한국인. 공부뿐 아니라 테니스, 바이올린, 뮤지컬, 토론 등에서도 두각을 나타낸 무한 엄친아(?)로 한국과 미국 학생들의 열등감에 활활 불을 지피고 있다. 엄청난 공부벌레일 거라는 예상과는 달리 엉뚱한 매력도 넘친다. 일례로 《해리포터》의 광팬으로서 호그와트 마법학교의 입학을 꿈꾸던 중, 순전히 고색창연한 예일대의 풍경에 반해 무수한 명문대를 뒤로 하고 예일대에 입학, 현재는 윤리, 정치, 경제학을 전공하고 있다.

공부는 내 인생에 대한 예의다

(20만 부 돌파 특별판)

2011년 1월 24일 초판 1쇄 | 2024년 12월 31일 특별판 4쇄 발행

지은이 이형진
펴낸이 이원주

기획개발실 강소라, 김유경, 강동욱, 박인애, 류지혜, 이채은, 조아라, 최연서, 고정용
마케팅실 양근모, 권금숙, 양봉호, 이도경 **온라인홍보팀** 신하은, 현나래, 최혜빈
디자인실 진미나, 윤민지, 정은예 **디지털콘텐츠팀** 최은정 **해외기획팀** 우정민, 배혜림, 정혜인
경영지원실 강신우, 김현우, 이윤재 **제작팀** 이진영
펴낸곳 쌤앤파커스 **출판신고** 2006년 9월 25일 제406-2006-000210호
주소 서울시 마포구 월드컵북로 396 누리꿈스퀘어 비즈니스타워 18층
전화 02-6712-9800 **팩스** 02-6712-9810 **이메일** info@smpk.kr

ISBN 979-11-6534-262-3(03810)
